脳卒中からの脱出

小田健三

文芸社

目次

リハビリは信念

何が起こったのか

初めての病気

楽しく明るい希望に満ちた朝を迎えるはずの正月だった。平成五年の元旦。遠くから救急車のサイレンの音がこちらへ向かってピーポーピーポーと鳴り響いてくる。その異様な音が正月を迎えようとしている近所の住人達に何か一抹の不安を与えていた。普段の朝と違ってほとんどの家々は明るく電灯がともっている。晴れの正月を迎えるのにどこかの家には救急車が迫っているのである。

何かあったのかと、いくつかのマンションのドアが開けられている。担架に乗せられて運び出される人は身動き一つしない。深い眠りの姿のまま救急車の中に消えて行く。その人の妻だろうか、沈痛な面持ちで車に乗り込む。

彼女の前に横たわっている人は、死んだように動かない。それでも必死になって主人らしい人の名を耳もとで呼んでいる。その大きな声が、とぎれとぎれに男の脳に何かの幻聴のように残っている。覚えているのはそれだけだった。

男は暗闇の世界にずんずんと落ちて行った。呼吸だけはほんの少し、それもとぎれとぎれに聞こえていたという。不安と緊張の中につつまれて救急車は走る。

救急車の人達は各病院に連絡をとるが、彼等にとって事情がわかる訳ではないので、妻に患者の様子をたずねたりしている。正月の初日の事で急患を受け入れてくれる病院は少ない。どこの病院がいいか、素早い判断を迫られている。救急隊員の顔には焦りの色が見えていた。ようやく救急指定病院に空きが見つかりSH橋病院へ急送される事になったという。


その時、自発呼吸も困難になった私の顔はすっかり土色に変色していたらしく、救急隊員が人工呼吸やその他の出来るかぎりの方法で何とか私をもたせていたのだという。やっと病院に到着。待っていた医師達により心臓マッサージ、電気ショックを繰り返し、やっと呼吸だけは取り戻したが、意識のない状態がずっと、二週間ほど続くことになった。

私はその時、すでに四十度を上回る高熱に冒されていて、脳の一部は破壊されていたのだと思う。そしてそのまま十三日間という長い間全然意識がなく、その他の症状も一進一退を繰り返すという有様だったという。

そんな状態で生と死の細い谷間を右往左往しながら通り抜けた私らしいが、当の私にしてみれば何一つ覚えていないのである。まるで植物人間と同じ状態で点滴によって生命は心細く維持されていたのだろう。

このように生と死の間を通りすぎた人達は、「親しかった友人や過去に亡くなった人達に囲まれて楽しく語らったりしたものだ」という話をすることが多い。また、ある時は美しい花園を一人さまよっていて、川向こうから親しい人が呼んでいるのが見えたり、その川を渡ろうか渡るまいかと迷ったりしたという臨死体験を持つ人が多いのだが、私の場合、そういう事はなかった。健康な時には夢を見る事が多かった私だったが、意識のない十三日間は、私の記憶という記憶がすべて奪われてしまっていたのかも知れない。

そうして眠っていただけの私が、一月十三日に何のはずみか突然目を開けて見たもの。そこに立っていたのが……私の妻であり、たった一人の娘、恵子。

私の十三日間の終わりのひとコマ。それが私の記憶のすべてであった。そうして、また私は深い眠りの中に誘われて行きそうになったという。

だが、私の妻と娘は現実であった。丁度折よく看護婦さんが居合わせて私の目が開いた事を担当の医師に大至急知らせ、医師の緊急処置の甲斐あって約二十分後、私は全く奇蹟的な生還をとげたのであった。

生還後の私

私の病名。それは脳卒中である。脳卒中を大きく分けると、出血性と虚血性とに分かれるという。出血性は脳出血やくも膜下出血、虚血性は脳梗塞または一過性脳虚血の発作などである。私達素人にはわかりにくいことだが、要するにすべて脳卒中であることは間違いない。重症、軽症の差こそあれ脳卒中である。全部が全部、後遺症という恐ろしく無慈悲な症状を残すものだとは限らないにしても、脳卒中にかかった人は後遺症に一生悩まされる人が多いのも事実である。一過性脳虚血症の人も、将来この重病になるおそれがあるのだから十二分に気をつける必要があると思える。

この半身不随は右か左かに一生涯ついて回ることの多い恐ろしいものである。昨日まで元気な人も、今日からは右か左かが不随になる。それが全くもって不意打ちの形でやってくる。中には短期で回復するものもあるにはあるが、それはごく一部の人に限られるもので、多くの人達が一生涯苦しむのである。

このように脳卒中というものは、自分が健康であると自信をもっている人であればあるほど静かに忍びより、突然、襲われたという感じになるものなのである。日本では昭和のある時期、死亡率第一位という恐ろしい病気であった事も、今はそれほど知られてはいない。死亡率は減ってはいるが、これにかかる患者はあとを絶たないし、日本人にはもっとよく理解してもらわないと困る病気であると思う。死亡率の低下の原因はこの病気に対する治療改善や医学の進歩があげられようが、平均寿命の伸びと共に、脳卒中にかかる確率は益々増加の一途をたどっているのだから注意をおこたってはならないと痛感する。その患者の一人が私であった。

私はこの病気にかかる以前、トボトボ、ヨチヨチの片足を引きずりながら歩いている人達をよく見かけた。車椅子にのったり、押してもらったりして、悲し気な顔をしている数多くの人達と出会った。そういう人達を私は無視し、時には正直、邪魔だとか煩わしいとさえ思った昔を今は恥ずかしく、申し訳なく思っている。

そんな人達をなんとなく見すごしていた私がその中の一人になった時、私は絶壁から海中に放り出されたような恐怖と絶望の中にたたずんだのである。自分も一生涯こんな姿ですごすのかと思うと死んでしまおうかと何度思ったか知れない。初めて泣いた。誰もいない病室で男ながらに涙を流した。

夢にも想像したことはなかった。この私が片方の手足の自由を失っていたのだ。部品だけはついているが、電源のないダミーである。使いものにならないのなら、ついていても意味はない。生きていても仕方がない。そんな捻くれた感じで一人泣いたこともあった。

医学の本を繙くと、脳卒中の項にはいろいろな事が書いてある。絶対的にこうである、とは書いてない。あらゆる可能性とあらゆる恐れがあるように書いてあるのではないだろうか。後遺症を抱える私としては、その恐れの方に引きずられる事があり、そうすると奈落の底に突き落とされた感じになってしまう。時間と空間が私を身動きできないように押さえつけているような重苦しさである。

やがて自分を取り戻す。絶望的な底の部分にごく小さな光が見える。肯定的な部分が、「もし、歩けるようになったら」とまず考える。「それは難しい事だ」と否定的部分が反論する。しかし、「もしも」と考える肯定から物事は始まる。

「もしも歩けたら」

「いや歩けるようになったら」

これもやりたい、あれもやりたいと、やりたいことが山ほどある。もうこうなれば肯定的な部分が段々と強くなる。心の中の交錯はこうして何度となく繰り返された。

そして自分に決着がついた。神や仏は信じようと信じまいといろいろだが、結局は自分自身を信じなければならない。私は自分の信念をもった。そしてそれに賭けてみようと思った。

どうしても、人並みに歩きたかった。その為にはかつての自分自身を消し去る必要がある。そう思った私は、六十一歳であった。それまでの年月を忘れて出発することだった。口で言うよりも更に難しい事であろう。だが、私は心に決めた。

私は小学校一年生である。一年生とはいえ、耳だけは発達をした一年生である。断片的にではあるが、所々には大人のところも残っている。口はよく回らないにしても、大人の感覚だけはまだ残っているだろう。脳の中の回復もあるだろう。それはそれとして一年生の道すがらそれをうずめていくことも可能だろう。どうせ拾った「生」の道だから、失敗しても悔いは残らないと思った。

こうして私の脳卒中からの脱出劇が始まったのだ。そうして紆余曲折の十年間という歳月を経た今、私の体はほとんど一般の人達と変わらぬ元通りの姿に戻り、日常の生活を楽しんでいる。

今、元気な皆さんも、いつこの病気にかかるか知れない方も、現に脳卒中で苦しんでおられる方々も、私の経験を何等かの参考にしていただけるなら幸いです。

無謀のつけ

平成四年十二月三十一日は覚えている。除夜の鐘をテレビで聞いていたところまでは確かに記憶がある。

しかし私が墨田のＳＨ橋救急病院に運ばれている事は知らなかった。まだ十二月の感じでいた。私はベッドで目をあけたという。それも約二週間の間眠りつづけていたのである。その瞬間から、もう私は変わってしまっていた。

その時、私はベッドの中でぐるぐる巻きにされ、体を動かすことさえ出来ない状態であった。

「どうしたんだろう。夢の中の夢だ。これは悪人共にとじ込められているんだろう。夢から早く覚めてほしい」

最初はそういうふうに思った。私は子供の頃よく夢を見た。だから夢だ、夢だと思うのだった。目をとじた。しばらくして、また目をあけてみた。

現実は現実だった。現実の夢は信じがたい有様であった。だが私は再度目をとじ、現実を現実と受けとめるのは私の心が許さなかったようであった。私はまた、目をあけ今度は違うのだと思った。しかし私のまわりには長い鉄製のスタンドに何本かの薬びんがつるされている。その下にゴムのチューブがあり、その先端が私の腕に通してあり、点滴を流しこんでいる。もう一度それを見る。それが、私の別の腕にもつっこんであって何かの液の滴下がポツンポツンと伝わってくる。点滴である。恐ろしい光景に全身がぞーっとしてくる。まるでテレビか映画でみるような物々しい姿、それが私の本当の姿だった。

もう夢ではなかった。だが私はどうしても覚める事のない悪夢にうなされていたように思えた。頭がガシャガシャと遠く、あるいは近く、痛みの音をたてているようだった。私はどこに行ったのか。記憶は遠のき自分のようではなかった。空洞化した私の脳は混乱し曖昧さを示していたのだろう。

仮死になって私の脳は何かを嗅ぎ出そうとしていた。

「私は健康である。何故だ。自動車にでもはねられたのか、いや想像もつかない。病院なんて行ったこともない……」

思いは空で、とぎれとぎれでまとまりがない。

「夢だ、いや現実かも。いや夢だ」

そう信じ、またそれを拒絶し、何度目をあけようとした事か。夢から覚めるのを待ちに待った。

現実は変えられるものではなかった。空っぽに近くなった私の脳は、それでも段々と変化をみせはじめた。やがて少しの冷静さが加わった私は、自分をみつめるようになっていた。

私の身体は、もう、昔のあの姿ではなかった。つい昨日と思っていたのに、もう平成五年の一月十三日になっていたのである。

私は点滴などのお陰でこの十三日間を生き長らえていた。そのため屍のように痩せ衰え、見る影もない姿に変わっていたのだった。後で考えてみると、「よく生きていたなあ」と思う。でも「生」への道を切り開いてくれたのが、「神や仏」ならば神仏への感謝をしたい。

冷静に自分を見れば、起こり得べくして起こったとしか言いようのない事ばかりをしてきた私であった。他の人に五十歳代にしか見えないと、よく言われていた私も現に六十を一つ超えていた訳であるし、気構えだけは立派で若いと思っていたにせよ、六十を超しては六十の姿勢に入らなくてはいけないことだった。それを考慮に入れず無理を無理とも考えない私であった。同年配の他の人が怪我をしたり病気しているのを笑いとばし、自分だけは無病息災の完全な人間だというある種の自己陶酔的満足感にひたっていた事もあったのであろう。

その傲慢さがこんな事態を引き起こす結果になってしまったのだろうと思う。七十kgほどあった私の体重はこの約二週間にわたる苦闘のあとを物語るように、僅か五十kg程度に落ちていたのだ。

血圧は最高二百を超すというのに、知ってか知らずか、難なく仕事が出来たといっては、いくら友達にすすめられても、病院に行くのを拒否しつづけていたのである。それが結果として私を見るも無残な姿に変えてしまった。

酒も好きでビールも好き、ウイスキーも、焼酎も、あればぶどう酒でも何でも飲んだ。ビールは大びんで二十本近くも飲んだ経験があるし、それでも翌日は仕事に何の支障なく取り組んでいた。このように勝手気侭な、愚かともいえる生活を、長年つづけていたのだから、それだけに皺寄せが一ぺんにドカーンとやって来たということになる。

救急病院

うつろに外に目をやった。

部屋の窓から見る。そこには見慣れた街の風景ではなく、変にゴチャゴチャした屋根だけしか見えない。

自分の心の中で何か言っていた。

「やっぱり何故か見知らぬ所に私はいる。いつ？　昨日の夜か、今日か、わからない。確か自分の部屋？　テレビ番組が何だったか……」

思い出せない。「ここは白一色だ。病院、白い病院。白い部屋」。個々別々の事が脳を横ぎる。

白い壁が、おぼろ気に二つになってこちらに近づく。目は、自分の目は、確かに開いている、と思った。

妻が、私の娘が……私のすぐ側に寄りそうように二人の顔が見えた。

そうして私の目はとじ、また深い眠りについたのだった。

それから多分二十分か三十分たってだろう、私は再び目覚めたという。病院の医師、看護婦さん達の機敏な連携と冷静な処置によって今まで訳のわからない所にいた私が「死」から「生」への道を歩きはじめたのであろう。

再び目を開いた。その時、妻は医師や看護婦の人達に感謝の言葉を伝えたようだ。やっぱりさっきの夢は、夢ではなかった。現実の妻や娘がそこに居る。私の妻が、そしてたった一人の娘、恵子がそこに居る。膨大な暗黒の時間の合間、私と家族はつながっていたのだ。

「パパ、良かったね」

娘の口調は晴れ晴れとしていた。

妻も涙をためている。

「良かった。良かった」と恵子と同じ言葉を繰り返すだけだった。

娘は九州の博多育ち。西南学院大学の……忘れたが、確か大学四年生かな。目に入れても痛くないほど、私には可愛くあどけない娘だ。

私は起きようとする。娘はそれを、やさしくとめる。起き上がれるはずもない。私は、まだ自分の病気の事を知らないでいる。いろいろの事が、空っぽの頭にすこしずつ思い出を引き出しては消えてゆく。脳はまだ生きている兆しを見せる。

娘のそばに立っている若い男。見たような見ないような顔だ。とっさには思い出せない。

私の脳は大きく穴を開けていて、彼の存在すら覚えていない。そんな事を知らない私は必死に思い出そうとする。

急に外部がさわがしく感じた。部屋に誰か来たようだ。折よくそちらに気が散った。

私の姉だ。この姉は三つ違いの姉だった。歳があまり離れていない姉とは、一番仲もよく、妻や娘も深く信頼している。確か県美術展の審査委員をしているはずである。可愛らしい娘っ子もいる。彼女も一人娘で私の娘が生れるまでは私の事を「お兄ちゃん」と呼んでいたなあ、姉の主人は釣りマニアで、よく一緒に釣りに……あ……亡くなってもういないのだ。……頭の中に残っているずたずたの脳は次々と思い出してくれている。こういう瞬間にも次々ととりとめもない事をつまみ出しているのだった。もう一人、そばに立つ女の姿。姉の姉。ということはやはり上の姉だ。これだけ考えて疲れが出た。

上の姉とはこの前つまらぬ事で姉弟喧嘩した。何でもない一寸した言葉のあやで「もう来ないで」と「もう二度と来るものか」とで怒鳴り合ったことがある。

「○○ちゃん、心配したのよ」と下の姉が言う。「十日以上も起きなかったそうね」と上の姉が冗談のつもりで言ったらしい。

日頃なら、笑ってすませる言葉なのに、なんと、口が利けないはずの私は、その時はっきりと言ったという。

「いらぬこった」

せっかく、来てくれていた姉なのに、心配をかけている方の私がはっきりと、そう言ったらしい。

私の記憶にはないが、しゃべれないはずの口が動いてそう言ったという。

これには上の姉も驚いてしまったらしい。下の姉はその時、機転を利かし、私の耳元で言った。

「そんなことも言えるんだから、もう大丈夫よね」

姉達もそれには笑いがこみあげ、私のあのはっきりとしたトゲのある言葉もうやむやにされていった。

忘れていた記憶

姉達はもう会えないかと思って九州から飛んで来ていたのだった。病院の医師から、「なるべくなら、早く会わせた方がいいのでは」という忠告があったので、私の死を予想した悲しみの訪れだった。それがこういう結果になったので喜んで帰路に着くことが出来た。

二人が帰った後も、その事があいまいな記憶としか残っていない。妻の話から想像すると、私は病気で入院しているという恥ずかしさから、照れかくしに強気が出て、「いたらぬ」言葉がはっきりと出たのではないかと言っている。

二人の姉達が帰る頃、やがて、私は、あの男性をやっと思い出すことが出来るようになっていた。人間の脳には普段、使わずに、中には永久に使う事なく終わる脳の部分があるという。私のような素人にはわからないが、その部分が偶然に活動を始めて、新しい未知のスイッチチェンジにより、昔の古い脳との働きをつないでくれるという。離れ離れになった脳がどこかで変に結びついてくるのかも知れない。私の脳は遅ればせながら記憶をたどっていたのかも知れない。

「そうだ。娘はもう大学生ではない。○○中学校の教師だ。そして恋愛をして嫁に行った。そうすると彼は娘の亭主だ」

姉達が来てくれていたのが幸いした。私に、みにくく歪んではいるが、微笑が浮かんだ。やっと彼も安心したのか私に近づきこう言ったようだった。

「お父さん、頑張って下さいね」

「うん」と頷く。そして思いおこした。

娘の結婚話がもち上がった時、私は娘を嫁にはやりたくなかった。娘も行きたいが行けない日々が何年もつづいた事か。そうするうちに娘は嫁に行けない年頃に近づいた。彼は待ち続け、そして、私達夫婦は決断を下さなければならない時が来てしまっていた。

福岡○○結婚式場でも妻は涙ぐんでいた。妻に泣くんじゃないと、実は自分に言った言葉に涙がつまった。結婚記念にハワイに行った時は心配して夜も眠れなかった。もし飛行機が落ちたらと、帰ってくるまで心配していた。そうだった。二人はもうマンションを買ったのだ。月賦払いも大変だろう。早く子供が生れないものか……等々娘のことを思うと次から次に思い出が湧いてくる。

私は、それでも脳卒中という、自分の変化にまだ気づいていない。そんな私にも娘の事は確実に思い出として残っていたのだ。

脳の中身はかつて私の元気だった頃の半分ぐらいが破壊されていた。ある部分はほとんど償いきれないほどの被害を受けたと思われる。意識の大半は奪いつくされ、私がその時その事を知れば、死を選んだ方が良かったと思われるほどだった。

脳の血管が破れたり、詰まったりするのをまとめて脳卒中と言い、場所によっては手術したり、また軽い程度の場合は一応なんとかおさまる場合もある。私の場合、その手術も不可能な状態がつづいていた。

脳卒中にかかると、人は身体の右側か、左側に必ずといっていいほど、麻痺を起こし、その麻痺は一生涯その人を苦しめると言われている。つまり、後遺症である。右側の手足、あるいは左側の手足、並びにその身体における半身にも障害が残り、それは平凡な言葉で言えば「死ぬまで治らない」というのが定説になっているほどだ。

生きる人にとっては正に致命的な打撃であって、生きて屍を晒すことである。

何の前触れもなくこの病魔が人に襲いかかって来る事が多い。時には命をも奪い、時には廃人にする。

徴候を感じさせない地震のように、脳卒中は人間に襲いかかって、彼の一生を狂わせ、車椅子に閉じこめる。あるいは死の旅へ導くのだ。それは正に死に神であり、疫病神である。

私の場合、右側のあらゆる部分、あらゆる機能が麻痺し、その回復は難しいとの話であった。それとも知らずに私は点滴が小さくなり回数が少なくなっていくのを見ながら、それに伴うように、そのうち良くなるものだと高をくくっていた。

小便

入院して何日たったかも覚えていない。

真夜中に、突然小用がしたくて目が覚めた。看護婦さんもいなく誰もいなくなった部屋は凄く淋しい。私の個室は看護婦さん達の集まる控室のとなりになっている。だから連日、彼女達の呼び出されるブザーの音や話し声が、かすかに聞こえているのに、その時は、その囁きどころか、時計の音だけが聞こえる薄暗い静けさだけの部屋だった。もうだいぶ、量の少なくなった点滴の小びんからポットン、ポットンと流れ落ちる音まで大きく聞こえる。救急車のあの独特のサイレン音も今夜はしない。

腕にはチューブが下がり、いつもは数本がかさなっていたが、今は一本だけで、その先端に針があり、その上から綿テープで留めてある。血のにじんだあとが見える。でも大した事はない。

が、小便の方は我慢ならなくなった。私は動こうとしたが、右側に物がかぶさったように重ったるい。何も私を固定するものはない。体は左横になるのが精一杯である。

そうしてみる。やっと左側を横にした。点滴のためにこれ以上体をひねれない。

すると枕の横に何かある。部屋に各自スイッチがついている。

「用のある時は押して下さい」

と但し書きがあった。左側にかすかに動いた。スイッチに触れる。押そうか、押したらこの夜中に看護婦さんに迷惑が……。

結局はあまりの尿意に押されて押すことになる。

「どうかしたんですか」

飛び込んでやって来た看護婦さんが聞いた。

私は出来るだけ大きな声を出した。

「小便が一出そうなんで」

看護婦さんは安心したのか、笑い顔で言った。

「そんな事、そのまんまでいいんですよ」

私は驚いた。「何てことを言うんだ」と心の中で言い返す。

彼女は、私の腰に手をやった。そして言った。

「これをつけているのよ」

「………」

私は気づかずにいた。それもこれも、どうかしている。おむつがしてある事に何も気がついていない。私はまるで子供のように扱われていたのだ。看護婦さんはおかしさをこらえて去って行った。

しばらくは出すものも出さず、我慢していた私は、つい耐え切れずに五十数年ぶりに、自分に恥じつつ小便をした。小便はともかくとしても、いくら物を食わずに点滴で命をつないでいたとしても、大便もしたはずだ。それも一度や二度ではないと思う。その度ごと、あの赤の他人だった看護婦さん達がと思うと、その行為に感謝しなければならない。それを知ると、知れば知るほど、自分の不甲斐なさに腹が立った。誰にも言えず、一人悲しい思いで長い夜をすごした事を思い出す。

翌日、妻が来た。しかしこの話はしなかった。ただ看護婦さん達にお礼を言ってくれるように頼んだ。妻はわかったような、わからないような顔をしていた。

私はその事件以来、みじめな気持ちをもつ事となり暗い日々が続いていた。ちょうど同じ頃に実は脳卒中という病気の事を、医者が私に知らせてくれていたからだ。妻にはこの事実は早くから知らされていた。当の私には「脳卒中」である事は、全く意外であった。もし早目に知らされていれば、私はどうなったかわからない。医師もそれを知っていて、時期をみて私に本当の事を言う事にしたのだろう。

私はその悩みから、夜も眠られず、考えに考え、やっと結論じみた事を妻に話した。

妻は自宅に帰る時間が近づいていた。何となく妻も不安な顔で私の方を見たり、手持ちの品物を置いたり持ったりしている。もう、帰らねばと思いつつ、ここ数日の私の態度に疑問をもっているのがよくわかる。

私はその現実のつらさを、私から持ち出さなくては、妻には耐えられないだろうと、私から先に口を切った。

「今日一日、いやこの数日、考えていたんだ。それは、難しい事だが……一年生から、いや一歳からやり直してみるよ」

私は口ごもりながら、これから本当に一年生になる、年は六十一歳だから自分にはそれ相当のことはわかるつもりだし、また、これまで知った事、わかったことも部分的に究明してゆけば早く一歳を離れてゆけるだろう。そういう言葉を並べながら、自分を進化させていくつもりだと、話してみた。

「そうだったの……、わかりました」

妻には口で表すよりも、私の態度や真剣な眼差しだけでもよかった。妻はすべてをわかってくれていた。

「じっくりと気長にやって下さいね」

私の言いたい事は、言語不明瞭でも、「脳卒中」という意味とその克服の決意を十分に表したのか、妻の顔にはほのかな微笑がもどっていた。

晴れた翌日、妻が嬉々とした表情で、私のこの二週間の出来事を話してくれた。

「今だから本当の事を話すけど、貴方は大変だったのよ。毎日、毎夜、暴れだしたらもう手がつけられなくて、看護婦さんが総出で取りおさえて、手も足もぐるぐる巻きにされ、それでもまだ足りないのか、無理やり手をほどくし、もう看護婦さん達もクタクタになり、そうして十三日も経ったんです。そのうち体は痩せてくるし体力もなくなり、今日か明日かという状態になったんです。お医者様にも、もう親族を呼んだ方がいいだろうと言われる始末。そうしたぎりぎりの日に目を開けてくれたんです」

いくら、覚えが無いにしろ、そんな大それた事があったとは思わなかった。自分が恨めしく思えた。私としては「生」と「死」との間は、もっと厳粛なるものと考えていたからである。

こうして私は救われた。自分の力では何も出来なかった。私を運んでくれた救急車の方々、黙々と私の世話をした医師の方々、看護婦の方々、それ等の人達に感謝しなければならないと思った。生きている事に尊さを感じ、もっと良く生き、生の喜びを感じなければせっかく「生」かして下さった方々に申し訳ない。

「よし、私は一歳だ、小学一年生だ」

私はそう心の中で叫び、この決意をしっかりと胸にやきつけたのだった。

自分との別れ

私から見た妻

私の妻は従順な女性である。私の過去を振りかえると、非常に妻の事をないがしろにしてきた。しかし今なおも昭和時代の従順さで私に接してくれている。

平成四年十二月三十一日、私はある大切な用事で九州に行かねばならなくなった。遅くなって新幹線の切符を買いに旅行社をたずねさせた。下りの新幹線は丁度ピーク時で帰省客が年末に殺到していたのである。私は新幹線に乗る時は必ず個室を利用した。もうひと月前から予約していなければ個室は取れないのである。

個室といっても値段はそう高くはない。新幹線の「ひかり」という列車便には二階建てになっている車両がある。二階は一般車両で見晴らしが良い。下の階は欄干や壁しか見えないが寝るには便利である。

そのため盆、暮れに家族づれの多くがこの車両をねらっているので売り切れたのだった。

妻が何度も旅行社と交渉した結果、ようやく一枚だけ手に入った。正月一日しかないやっと一枚の切符。それでは一人で行くしかない。

妻は正月を東京で一人で過ごさなければならないが、仕方のない事だ。いつも正月を一緒に過ごすのだが、今回は私一人先に行こう。

一月一日の切符を買ってきた。六時四十五分発である。それで行けば丁度正午頃につける。正月はまた帰って来て東京でゆっくり過ごそうということで、私は起きていてテレビを見る。妻だけを早目に床につかせたのである。

飛行機を使えば、約一時間で福岡空港に着くのはわかっている。しかも航空券は安い。しかし飛行機にはあまりというか全然乗らない。嫌いかと言えば、そうではない。「見る飛行機」は好きだ。模型飛行機もつくる。しかも他人の持っていない立派なものだ。手巻きプロペラの飛行機は子供の頃から大好きで時折、賞をとっている。

ところが、少年時代のある日、グライダー訓練中の先輩が近所の河川敷で初飛行するということで、後輩の中学一年生は、こぞって見学に行った。晴れた春の陽がまぶしかった。戦争の終期が来ているのも知らず、学校でやっと作った手作りのグライダーだった。どこから手に入れたのか、大きなゴムのロープを上級生の人達がはさんでそれを引っ張る。そして後方にはグライダー止めの金具が止めてあり、引く力のつくのを待っている。皆、必死でそのゴムを引く。そこで指導教官が「さーっ」と旗を下ろすと、グライダーはサワサワと草のささやく音の中、空中へ向けて飛行を始めた。

その時、ついてないことに突然の強風で、グライダーはあおりをくって右にかたむき、河川敷の高台に衝突したのだった。

皆そこへ走った。先輩は大怪我をして、担架で運ばれて行った。

それ以来「飛ぶ」ということは実に危険なことだと思うようになり、高所恐怖症に近い感情を抱くようになってしまったのだ。

新幹線の個室は一人用と二、三人用の個室があって、私は常に一人派である。最終駅が博多となっている。車掌さんが切符を切りに来る。そのあとはピシャンと扉をしめる。酒を呑もうが裸で寝ようがカーテンさえしめておけば外からも見えない自分の空間が出来るのだ。私のようないい加減な男にはもってこい。時間だって日本の鉄道は正確無比だ、飛行機よりもぜいたくな空間があると勝手な理屈をつけていた。

「今夜はテレビでも見ているよ。どうせ新幹線で眠れるから。朝まで見てるかも知れん」
妻は先に寝ることにした。明日、朝早く起きて、書生の川口の運転で東京駅まで送るためだった。

妻から見た私
ふと目を覚ましました。一人で先に寝かしてもらったけれど、テレビの音はやかましく、また明日朝早く起きなければという気持ちからか、よく眠れなかったのです。テレビはずっと、相変わらずつけっ放しです。もう夜中の二時近くでした。主人は眠くなってつい寝てしまったのか、静かです。だが変でした。普通の姿と違うのです。どうも体の位置が変に右の方にかたよっているのです。よく見ると、普段のような生気がありません。何となくそう感じました。
「あなた。そんな格好で寝ていては、風邪を引きますよ」
私が声をかけても返事がありません。主人はよくふざけて、風呂場では頭をお湯につっ込んで死んだまねをするような面白い面もありました。だが今日の主人は、悪戯にしてはあまり長すぎる。私はベッドを出て主人に近づき肩にふれて言いました。

「何時までもそんなふうにしないで、寝るならちゃんと寝て下さいよ」

最初は、てっきり悪戯か、あるいは本当に眠っているのかと思いました。そして、主人の異変に気づいて、びっくりするより真っ青になってしまいました。

主人は息はしているものの、その時はもう意識はほとんどなく、真っ直ぐに起こしてみても、また朦朧としたままその場に崩れおちてしまうのです。

私はあわてふためき、六階に寝ている川口君に電話しました。彼も私の声におどろいて冬空の寒い真夜中、寝間着姿のまま、部屋にとび込んできたのです。

「一体どうしたんですか、先生が、先生が」

川口君も主人に何事かあったんだとは聞いてきても、一体どうしたのかわからないほどあわてていました。

ほんの数時間前には一緒に夕食をとりながら談笑していたのです。あの元気な主人が、こうして朦朧となっているのです。

「先生、しっかりして下さい、先生、先生」

何度か川口君が大声で言ったら、主人は薄目を開けました。そしてこう言ったのです。

「しょうｰ便にい、いく」

それは別人のような小さな、そして聞きとれないような声でした。私達は二人で、重たい主人の両肩を抱えて、どうにかトイレに連れて行きました。そうすると私達を追い払うような格好をしたんですが、すぐにガックンとドアの横に倒れこんでしまうのです。そういう主人は用便どころではありません。なんとかしなくちゃと、倒れ込んだ主人をトイレから抱えるようにして出したのです。

もう、あわてふためいているどころではありません。早速、電話で救急車を呼びました。

夜間、いや早朝の、そして元旦の、午前三時頃、ようやく救急車のサイレンの音がしました。私達の部屋は廊下を突き当たった所にあるのです。だから、何かあれば廊下横の各戸があいて皆顔を出すような、下町のマンションです。正月だから夜通しまだ起きていた住人が顔を出し、「どうしたのですか」とたずねてきます。

そんな事はおかまいなしに、救急車は私達を乗せたまま救急指定のSH橋病院に直行したのです。

その頃、主人はすっかり意識はなくなり、呼吸もとだえがちで、救急隊員の方に人工呼吸をしていただいてやっとどうにか生命を保っている状態だったのです。

もし、数十分、発見が遅れていたら、そして偶然にも、私が目を覚まさずにいたら主人の蘇生はなかったかも知れません。

生きるための賭け

脳卒中は難病である。難病であるが故に多くの患者がそれに苦労して藁にもすがりたい気持ちでいる。しかしこれには確実にこうした方が良いという実例がないのが現状である。それだけにこうあるべきだという多くの事例が引き出しづらい点もあろう。脳卒中は、まだまだ知られない多くの謎のある病気なのである。それだけに、数多くの療法もあろうし、誰でも一度は飛びついてみたくなる民間療法も数多くあり、医療用品や薬草類も多数存在する。私も同様、多くの治療法や薬草類も何種類となく買い求めては試してみたのだが、これも人それぞれの効き方があろう。しかし私には何の役にも立たなかった。役に立つのもあったにせよ、私にはそれらの療法を頼りにするのにもすっかり自信をなくしていた。実は、薬や療法などに頼りきった一時期があった。そしてある時、特に車椅子の患者にとって福音といわれるＳＯＤ（スーパーオキサイドディスムターゼ）という薬を求め、最後の期待をこめて飲んでみた。ＳＯＤは薬事法でいう医薬品ではないが効用は大きいらしい。ＳＯＤが効いたという人も多くいて、確かにそういった人達が普通の生活に戻っている。しかし、誰もが効くというわけにはゆかない。私も長い間その「薬」を飲んで試した。それでも私の場合は悲しいことに効かなかった。

それからは薬に頼らず、何が何でも自分の力で回復を目指さなければならない、自分だけが頼りだと思った。

そして長い長い時間がたった。そしてやっと思い至った。「信念」だ。単なる観念にすぎないのでは、と思われるだろうが、それは私に残された、ただ一つの道であった。

私の記憶は、年末の楽しかるべきテレビを見ていた時から、十三日間は全く切れてしまっている。何の番組であったのか、どんな人達が出ていたのか全然覚えていない。その十三日間は私の無言の闘いだったと思う。

そしてこの日から、右半身麻痺という、とんでもない宿命を帯びることになったのである。

脳卒中で右半身麻痺。右手も右足も使えない。私はもう死の判決を受けたように一時は悄然となった。悩みに悩んでいた。これから先、どうすれば良いか。死ぬ元気もない。生きていくにはあまりも残酷すぎる。どちらか選ぶなら「生きる」道だろう。生への道を選ぶのなら、どんな事があっても、「歩かねば」ならない。「歩く」、それは至難の事だと思う。それでもどうしても、どんなに難しい事でも手段としてはそれしかないのだった。「歩けるようになる」という希望、それは私の心を軽くした。私の希望が「信念」へとつながり、決意を更に強めていった。

「絶対に歩けるようになる。二本の足でしっかりと歩くのだ」と誓った。

「歩けるようになったら走って、走れるようになったら飛んでやる」

私の希望は、もう果てしない未来へつながっていた。

私が脳卒中で倒れたことをマンションの人達は知らなかった。私が酒に酔いすぎてああなったと思っている。元々顔出しはやらない私だし、遠くに飛び回ることも多かったので、とくに心配をかけるような事にはならなかった。

それに東京の知人たちは九州の方に出かけたものだとばっかり思っている。私が脳卒中で倒れたことは誰一人知らないのだ。

そこで私は絶対に脳卒中だと悟られないよう、友人達にも事実を知らせないようにと妻に申し渡したのである。

「誰に会っても私の入院していることは話すな」と妻に言った。

「はい、絶対に」

悲しい笑顔だった。

私達には将来にそなえて貯えていた幾ばくかの預金があった。それを全部使っても良いから、リハビリの目的を果たして下さいと妻に言われた。何度も頭を下げられた。老後のための金を、それも半身不随で先の見通しもない夫のために。

それは、私の「賭け」であると同時に妻の「賭け」でもあった。絶対に成功しなければならない「賭け」でもあった。

やらなければ何にもならない。もう後がなかった。死なずにすんだという事だけですますわけにはいかない。何が何でも脳卒中という高いハードルを突きやぶって、それを越えていかなければならないのであった。

私は一歳、一年生

「俺は本当の一歳だ。一歳で一年生になるんだ。普通の一年生より偉いんだ。そして早く二年生、三年生になってみせるんだ」と、まるで本当の子供のように幼稚なことを、真剣に考えていた。

私は小さい頃から「せっかち」と言われてきた。何でも早く、少しでも早くと、ずっと通して六十年をすごしてきた男だった。物の考え方にも、先ばかり見て、後の事を顧みることはなかったと思う。その「せっかち」を断ち切らなければ、この「脳卒中」という病気に太刀打ち出来ないのだ。あらゆる問題があらゆる面が、この病気にしつこくつきまとっているのだ。それには時間を十二分にかけて取り組んでいかなければならないからだった。今までは食事の時間はないに等しい喰いざまだった。小学校の時から、食事は一番早くてそれが楽しみでもあった。それを妻にまで押しつけ、早く早くと詰めこませる我が侭な亭主だった。早く仕事を終え、早く遊びに行った。夜は遅く寝て、朝は早くから起き、人生を最大限に活用するという傲慢な個人主義を通してきた。

妻はそんな男に嫁ぎ従い、支えにもなり、正に昭和の妻であり、日本の妻であった。そんな妻を当たり前と思っていた「せっかち」を直さなければならなかった。

その「せっかち」に十三日間、じっと耐え、医師からは「家族を呼んだ方がいい」との忠告をうけたのだから、それはもう私の身体が痩せると同じに妻もやつれ果てていたのであった。

家族が来たのもその為だった。私は知らなかったが前日に来たばかりだったという。私は目すらあけずにベッドの中で動く力も消えうせていたようだと聞いた。

そして翌日、私は不思議にも「生きている」証拠を示したのだという。弱りきっていた私は、医師達の手厚い治療により「命の灯」が再び稼動を始めたのであった。

もうその時、私は、かつての私から想像しえないほど人相が変わってしまっていた。ガリガリというよりはギリギリの痩せ男になった私がそこに居た。顔は右側がこけ落ち、口元もだらしなくつり下がり、その端からは涎がもれ、顔はもう別人に見えるほどゆがんでいた。

更に、大切な右手は、親指と人差し指が二倍ぐらいに腫れ上がって何もつかみ取ることは出来ないのだった。右手をもって暮らしていた私の指先が、大切な生活のすべてを支えたこの指が、腫れ上がって止まったまま手のひらにくっついているにすぎないのである。

一寸動かしただけで、痛みとうずきがズンズーンと走る。また動かしてみるとガクガクと音がする感じの激痛がまた走るのである。

右足全部が引きつって重い鉛が被いかぶさっているのではないかと思う。病院に入院しているから衣食住の心配はないが、私達のお金が、あとどのくらい残っているのか、それでこれからの闘病生活が維持できるのか、そんな大事なことを考えることもなく、私はただボーッとしていた。

目は上下を見る角度さえわからない。焦点をしぼる事さえ出来ない。でもその時はその時、何とかなるだろう。食べる物に関する限り、私は全くの病院食しか受けられない。好き嫌いなんて言える立場にない。また何を食べてても口の麻痺のせいか、味覚も失われている。このような事を考え、この先、幾月、幾年かわからない病院生活をしなければならないだろうと思うと、変な頭がなおさら変になってくるのだった。すっかり計算能力もなくなった自分に腹が立つ。自分の馬鹿さ加減が情けなくなってくる。それでも、何時かはきっと普通になるのだという「信念」がなければ生きていく価値はなかった。

自分でリハビリ

右側の麻痺だと知った私は、痛いのを覚悟で右腕の筋肉を丈夫にする事だけを考え、「右だ右だ」と声をかけながら動かす練習をつづけた。ズシン、ドシンと音がする。動かしては止め、そしてまた動かした。妻はそばに来て私の手の指を見ている。指は腫れたままで動こうとする気配さえなかった。

薬は少しずつ減らされていった。一番の苦手、点滴もなくなり、病院食だけとなっていた。

普通の生活とはいっても、私の右側の苦痛は相変わらずで、前の日よりは更に痛いと感じた日もあった。日によって痛みが違うことも知った。

雨の日、みぞれの日には右腰から下は冷たくなりズンズン、ガクガクと鳴った。それは私にしか聞こえない音である。異様な異常な音で口で言い表せないような音がした。そういう幾日かがすぎていった。

朝の間は医師の指示通りにすごした。昼が来ると味気のない食事が病人の一人ひとりの程度に準じて配られる。普通食でも各人が違うように配分されている。妻はつきっきりで気を遣ってくれるが、私の右手の腫れは何を握っているのかわからない。それでもスプーンは使わず、無理して箸を握る。何としてもスプーンは絶対に使わないようにした。箸を持つ指先は、大きな大きな指である。ズーンと音がする。そしてせっかく握ったものがずり落ちる。それでも意地を張り、左手は使わない。左手の握力は四十ぐらいある。しかし右手はゼロから四の程度で握力計の針が止まっている。何度測ってみても左四十と右四の目盛りは変わらない。しかし私も変わらない。私は「信念」通りに努力をつづけていった。

私は早速、鉄アレイを二つ買って来てもらった。病院では入院患者には禁止されているのを知りながら、ベッド下にかくして使用した。

勿論、最も軽量のものである。暇ある度に取り出してはそれを持ちつづけた。ただ右指の練習にはそれはあまりにも重すぎた。それでも持っては少しずつ上達した。腫れはおさまらなかったが、右腕の筋肉を強くしたのか、腫《は》れた指で持っても落とさなくなってきた。同じ重さのアレイは左は軽々と、右は重たく感じるのだが、毎日握っているうちに重さは重さなりに何か不思議な能力でもあるのか、あるいは単なる感じかは知らないが、右指にうまくおさまるようであった。重さの違ったアレイを使用していたら、かえって自尊心を傷つけてしまっていたかも知れなかった。

私は、元来、箸を持つ手つきがおかしかった。それでも何とか器用に箸を使い、誰よりも早かった。幼児のころから六十一年間その癖をおかしいとは思っていなかったが、その時を境に直そうと思った。自分を「一歳」と宣言した以上、何としても箸の持ち方から直してみせようと思った。ぶよぶよの役に立たない親指と人差し指がその試みに功をおさめて、今は一人前の箸の使い方となっている。あれも、これもと変えられるものは変えていった。でもついうっかりすると昔のくせが出る。それをなくすのもまた一つの努力であった。

腫れの引かない親指、人差し指は、何か知らない力を得たようだった。御飯をこぼし、汁をひっくり返しながらも少しずつ何か見えない力を繰り出すのである。こぼしてもひっくり返しても、それさえ妻に片づけさせないように強く言った。人が見れば「何と冷たい女だ」と言うかも知れないだろう。しかしそれも個室に入院してるから出来たことであった。

人間の体は不思議に満ちている。「駄目だ。無理だ」という言葉がひっくり返されることもある。それは私にはわからないが、何か知らず知らずに宿ってくるものであろう。自然か、そして偶然か、ふとしたはずみにそういう力をわかせてくれるものだと信じている。

箸を握る指も力のない指なのに何故か偶然ふと握っていて、それが度重なって一つの習慣となってくる。何時の間にか箸を持つ手つきが変わる。外見とは違う何かがある。うまく握れた時、食事の時間までが待ち遠しくって仕方がない。味にも変化が出たような気がする。こういう時は自分の専用の箸で黒豆のつぶを一つ一つつまんでみては一人にんまりと笑ったものだ。どうにか箸が握れる。握力計で測る。「十二、三」、今まで「ゼロか四」だったのが。

こうして腫れがまだ残る右指の力が何時の間にか倍増していたのであった。

夜が来る。一人きりだがもう淋しさなんて感じない。控え室に看護婦さんが一人いるぐらいで誰もいない空間は私の練習場になる。誰も来ない夜の時間、今度は足を動かす練習をする。やっと誰からも解放された私はまず水を腹一杯飲む。ベッドの横に立ってみる。右の足は勿論のこと、長く使わないでいた左足まで軽くしびれた有様にある。体重はひと月前よりも約二十kgぐらい減っているのに両足とも不具合になっているみたいでつい不安がよぎる。右足のズンズンとした感じはとれていない。立っているとやがて左の足が幾分かは軽く感じるようになった（右足ではない）。

時節は冬だ。暖房が入っているが、局所の左半分は温まらない。ぶち切れたように感じられた。立ってみてわかった事だが脳のどこかに異常があるためか、自分の位置さえわからない。何とかベッドを使って体を動かす。そのうち汗がびっしょりと出て来る。重い荷物で押しつぶされた感じである。右足をはじめて出すのに躊躇する。……一年生だ。……やってみよう。

前へ右足を、力をこめて踏み出す。痛さでゴロンと倒れそうになる。右手でベッドをつかもうとする。それも遅い。元々駄目になっている右腕に頼るのが間違いである。ベッドの横に倒れる。頭のすみを力一杯殴られたような感じがする。全身がばらばらになって飛び散るように目の前がぐらりと動く。しかしそれでも諦めない。

何とかまた起き上がり向きを変え同じ動作を繰り返す。向きを変えると簡単なようで、かえって難しい。今度はゆっくりと、右足を少しだけ先に出す。次に左足の方を速く出す。

「出来た、歩ける」と思った瞬間に、右足にはいていたスリッパがとんでしまった。スリッパにまでからかわれているのである。そのスリッパの所まで、また一度転び、今度は頭の後ろに大きなこぶを作ってしまったりした。

こうして失敗を重ね、それをバネにしてふんばり、右足を引きずりながら、無格好ではあるが一歩ずつ歩いて行ったものである。

こんな毎日を今は口に出して言えるが、その頃の苦痛、もどかしさははかり知れないものであった。

このようにして一夜明ける。そして次の一夜と明けていく。それも看護婦さんに知られるのは当然であっただろう。

朝、まだ誰もこないうちに、一人宿直した看護婦さんが入って来て言った。

「毎晩、一生懸命やってるわね。先生には言わないから大丈夫よ」

私の病室を出て行く時、彼女はこう言った。

「今日はMRIの検査があるから、あんまり運動しない方がいいですよ」

優しい人だった。

これまでにもいろいろと検査を受けた。MRIは初めてではない。日本語では「磁気共鳴画像」らしい。

いやな車椅子にのせられ、MRI室に移る。金属性のものは全部外される。それは何だかプラスティックの箱みたいなものだ。台に仰向けになると、その寝台もろとも動き出す。半円型の台に入っていると、自分がロボットにされるんじゃないかと不安になる。そこで目をとじて決して開けない事にしている。頭から入った。この頃、夜間に訓練をつづけているためか、暑い暖房のためか、喉がかわいて多量の水を飲んでいた。その為だろうか、尿が近くて困っていた時であった。ＭＲＩの検査は長くてそばには誰もついていない。約三十分ほどかかる。その検査中、ずっと小便を我慢しなければならないのだ。この時ぐらい辛い思いをした事はなかった。

前の検査の時はまだ何にもわからないような時だった。だが、今度の検査の時は異常に物音がした。

「ガーガーガーガー」しばらくして「トントントントントン」そしてまた「サーサーサーサーサー」「ブーブーブーブー」そして最後には「ツツツツツ」と速い音。

やがて検査が終わり私は寝台と別れてやっと自由になり、車椅子で便所へ急行してもらった。私を運んでいた人はあきれた顔をしていた。

私はどうも先ほどの音が気になり知り合いの看護婦さんに聞いてみた。

「あの、今日の機械……こわれて、いませんか……何か……変な……音……がするんです」

看護婦さんは、

「そう。何時もそういう音がするんですよ」

何か不思議そうな顔である。彼女が去って思いついた。

私は前の時まで、頭がどうかしていて、その肝心な音も耳に聞こえなかったのだ。

それほど感覚が戻っていたことが嬉しかった。


それからの私は回復が早いのか、少しずつ右腕も右足も動かせるようになっていった。あの赤ん坊のようなおむつも、もはや身につけなくなっていた。

夜中のトイレは足を引きずりながらも、杖は一切使わず。よたつき、よたつき、一人で行けるようになっていた。

あの日あの朝、医師が見かねて「家族に会わせた方がいい」と言ったことを思い起こした。

私をこうまで生き返らせてくれた多くの人達を思い起こした。

そして、私の身近な事から、脳卒中からの脱却が始まっていたのである。

車椅子は嫌だ

私は車椅子が大嫌いだ。それは自分自身に言っている事で、車椅子がないと生活出来ない人の話ではない。足の骨を折ったり、足の手術をしたりして、一時的にそうなった人などは是非、当座の必需品であるだろう。生まれつき足の支障のある人にはなくてはならない必需品だと思う。だがそういった事を除いては、少しでも歩けるような障害の人は、絶対車椅子はさけた方が良いと思う。

私の右足は脳卒中のためにもう歩けなくなっていた。左足もその歩けない右足につきあってほっておいたら退化して右足と同様に機能を失う寸前だった。足の機能が元通りになるためには、かつて機能していた期間の何倍もかかると言われている。使える足でもそうなるのだ。脳卒中で私はそれを体験した。

脳卒中にかかると左か右かの機能が確かに停止してしまう人が多い。どちらかの側の機能が失われても、もう片側は前とは変わらないはずなのに、あたかも両方の機能が失われたのだと思う「あまったれ」の気持ちが、立派に使えた片足までも自然と使えなくするものだと思うからである。そういう勘ちがいをしないように、一日も早くその片足だけでも歩くようにした方が良い。痛い苦しい修業だろうが、この事だけは声を大にして言いたい。私自身も早めに、たとえ二週間の遅れはあったが、すぐ取り組んで非常に良かったと思っている。

だが、私にも、どうしても車椅子にのってゆかねばならない場所があった。すこしでも歩ける私には、その日が一番辛い日だった。

それは、私がこの病院に入院した頃から話さなければならないと思う。

東京の友人知人たちは、私が一月一日に入院した事を知らない。妻には決して誰にも言わない約束をさせている。だから誰も見舞いに来ないし、私は東京に居ない事になっている。もし脳卒中で倒れたということになれば、たいへんな騒ぎをもたらすはずである。九州に行っていると誰もが信じているはずだ。それには私の「病気しない」人間としてのプライドもあった。脳に欠陥が生じて惨めな自分をさらけ出すことにその時はすごい抵抗があったのだ。

車椅子に乗せられること自体、私は耐えきれない思いだった。だが私が入院したのは救急病院である。ちゃんとしたリハビリテーションの施設は設けてない病院である。その為、約一キロ先の○○リハビリ訓練所まで通わなければならない。私の身体では、まだ一キロどころか、三十メートルも歩けはしない。車にのるにも、また面倒な手足である。自家用の車で行くような遠い所ではないし、そう考えると妻の手で車椅子にのせられて行くほかはない。私のリハビリは二週間の生死の間があり、遅れていた。

街角を通る車椅子にのる私の姿は、通り行く人達の奇異と同情のまなざしをいっぱいに浴びている。

次の日から、どうせ行くならと黒めの大きなサングラスをかけ、大きな縁どりの帽子をかぶり、いやがり恥じらう妻にも変わった変装を押しつけて、車椅子通勤をした。

二週間の訓練をうけたが、何の変化もない初歩的訓練ばかりである。また訓練を受けに来ている人達があまりにも熱の入らぬ訓練であった。ほとんどの人達は自分は「廃人」だとでも思っているのかせっかく整った設備などに目もくれない。側方の体憩所で、体を休めていて、訓練さえも持て余す状態の人が多かった。

私は一応の訓練をうけたが何も進歩し得ない自分が情けなくなって、私の病院のある医師にその事を話した。私の熱意に打たれたのか、その医師は一人のリハビリ訓練士を紹介してくれることになった。

リハビリ

リハビリ訓練士はまだ二十代の若い○○先生であった。私の六十一歳とは四十歳の開きがある。それでもこの先生は何にも臆せず、厳しさに徹して訓練を施すのには、敬意を感じるのだった。病院には○○訓練所とちがって、何もない。二階にある立入り禁止の空き部屋と、病室のななめ横の階段が訓練の場として与えられた。

今度は一対一の訓練だから苦しさは倍になるが、それだけ自分のためになる。私の心は「一年生」。その言葉通りに、一語一葉にいたるまで苦しみの中で実行に移した。

「はい。それではいきますよ。まず右手を上げて下さい」

右手は上げる訓練はうけていない。だが、先生の言うように無理をしながら上げたつもりだった。

するると、彼は私の右手を力をこめて「グイ」と引っ張り上げる。その上、「まだ上がるから上げて下さい」ときつい調子で言う。

私は思わず「痛い」と口走りそうになった。まがった唇はなお歪んでいただろう。

しかし我慢のしどころと、

「……ん」と言った。そして右手を更に高く上げてみせた。

先生ははじめて笑った。

「ねえ、出来るんです。出来たと思わず、出来ると思ってやる事です」。それから
「さっき、何と言われたんですか。ハ、ハ、ハ」と笑った。私も痛いのを忘れて笑っていた。

先生には何もかもわかっていたらしい。上げた右腕の痛みは格別だった。先生にもそれがわかっていた。そしてこうつけ加えるのだった。

「痛かったでしょう。でもその痛みは神経が通っているという証拠なんです」

その日、訓練は右手の上げ下ろしで明け暮れた。しかしあんな苦痛ははじめてであ

った。

夜の私の訓練は、その夜もつづいた。しかし翌日の訓練は、もう次の目標に向かっていた。せっかく昨夜やったのに。残念ではあるが、次の訓練に専念した。

「今日は指の練習をします」。まず「左手を出して下さい」と言う。

「左手でなく、右手でしょう」

そう私が言うと先生はき然として、

「僕は左と右を間違える事はない」

少し不機嫌そうな顔をする。

「はい、すみません」

すると先生は、

「左手の指で、右手の親指と人差し指をつまんでみて下さい」

右手の二本の指は大きく腫れている。それをつまめと言い、その右指の間隔を無理に広げろと言う。

「今度は右の人差し指で、左の五本の指一本一本ずつ数えなさい」

五本あるにきまっている。

「五本の左の指は、この頃使っていませんね」

「はい、そうです」

「だから、右の指と左の指を同時に動かす訓練をするのです」

確かにそうだ。足は片方動かすと本能的にもう片方も動こうとする。次の足が出ることによって「歩」が生まれる。別に努力しなくても体重があるのでよたよたしてでも歩けるのだ。千鳥足の酔っ払いがそうである。それに比べて手の動きはその力にたよらざるを得ないのだ。

指を左右使った訓練は骨がおれた。まずは茶わん。それから洗面器、そしてバケツとなり最後にバケツに半分まで水を入れたものを、持ち運びさせるのであった。曲がった身体でそれをこなしていくうちにだいぶ感覚が身についた。

それが出来るようになったら、背中に手を回して、後ろ向きに物を取る訓練である。両手を頭から回し、物を取るという過酷な訓練もあった。物は取れるが、ほとんど左手に集中して、右手ではほとんど握れない時もあった。

だがまだまだ次から次に過酷な訓練が待っていた。今度は足を動かすことだった。階段を上り下りする運動である。体力がないし疲れ果て、へとへとになっても容赦なく、先生は続けさせた。はじめは大丈夫だった左足から始めた。何にも障害のないと思っていた左足がやはり弱っていた。階段などかけ上がっていた私の両足は、もうすでに過去のものだった。今は小さな低い段差でもその左足がつまずく。右足などはその段差につまずくどころか持ち上げることすら出来ないのだ。それに気ばかりあせっているから階段に向かって倒れこむ。

こんな有様で、最初は悔しさに涙すら流した。足を持ち上げるために手を使うことは禁じられている。手すりを持つだけの手も左の方までしびれて重くなる。普通の階段なのに、一段一段が何と高いことか。それでも何とかやっている間に右足が届いた。手すりにびっしょりと汗が光る。右足は届いたが、大丈夫なはずの左足にはこたえられないほどの激痛がはしる。最後の力をこめて、左足をその段にやっと持って行く。たった一段上るのに、そして単なる階段なのに、私には大きな山でありそれを征服した感じにひたるのだった。それでも先生はこう言った。

「上れましたね。でも左手すりに力が入りすぎです。なるべく手すりを強く握らないように」。少し休んでまた同じことを始める。「もうよして下さい」と心では思う。それでも階段を四段登った。もう右足は動くのか痛むのかわからないほどつっぱっていた。

先生は、私の所に来てこう言うのだった。

「よくやりました。三段目で良かった。でも貴方は四段登ったんです。もう今日は疲れたでしょう」。彼は私を抱きかかえて階段の下まで降ろしてくれた。

その翌日もまたその翌日も同じ訓練だった。いっこうに下に降りる訓練はしない。その代わり十一階段の上への道は、とうとう達成出来た。痛みははげしいが何とか姿勢もととのったと言われて嬉しかった。しかし、それよりもっと辛い道が次には待っていた。私が十一の階段を登った時だった。

「今日から、階段を降りる訓練に入ります」

希望と不安の気持ちが交錯した。

「はい」

「僕は何も言いませんから、自分で降りる方法を考えて、降りて来て下さい」

先生はそう言うと、さっと一人で下に降り、消えてしまった。

こんな高い所に登って来たのに、私一人を残して、「考えて降りてこい」はないだろう。

いつまでたっても彼の顔は現れない。今までは抱きかかえて降りてくれた人が、今度は勝手にしろと言わんばかりの態度に怒りさえ覚えた。だがそうではなかった。階段の下に影が見えた。

私は登りとは逆に降りなければならない。下を向いてまずどっちの足から踏み出すか、迷っていた。右か左か。そして気が付いた。登る時は右、降りる時は左が先だ。重力があるから悪い足を先に出す。そしてすかさず右足を先に下りた段につける……その時左の腕は、落ちないようにしっかりと手すりを持つことだ。

頭は悪くはなったが、それぐらいの順序だった事なら誰でも出来ると思った。

でも手すりを持つ左手はぶるぶる震えていた。

すると先生の声がした。

「僕がいるから、安心して降りて来て下さい」

私に考える時間をあたえるために、わざと物かげで待っていてくれたのだった。

私は左手で手すりをつよく握った。左足を一つ下の段へ降ろした、その時すかさず右足も降ろす。

「そうです、その通りです」

私は先生がそう決めたのも、私自身で身をもって考え実行する方が、習って覚えるよりも何倍も良いことを認めさせるためだった。下りの階段は登るときよりも、ずっと早くずっと軽いように思えた。上り下りの練習を毎日つづけた。手すりを握る手に汗をかかなくなった。そして毎日それの訓練で、またいろいろな事も学んだ。今、現在は手すりも使わず、階段で同時に足もつかずに、上り下り出来るようになっている。

先生は「リハビリは早ければ早いだけ良い」という信念をもって私を指導してくれた。こうして約二週間があっという間にすぎていった。もうその頃は訓練ではなくなっていた。頭で物を考える時期に来ていた。

「これからは、右と左とを明確に区別して下さい」

これが先生の私に対する最後の言葉だったように思える。

私は右、左と常に区別してきた。それを意識してやって来たつもりであった。だが考えてみると勝手な思いこみが多い事に気がつくのである。訓練中は確かに右左と意識ばった行動をしているが、一旦普通の私に帰ると確かに右左をあまり気にしていない。脳卒中の人には特にその傾向がつよく現れるというのである。その為に大事故になることが多いという。脳卒中特有の症状なのだそうだ。

そう言われてみれば確かに思いあたることもある。体の構造も心も左右のバランスがこわれているのだ。行動面でもやたらと右を直したい一心からか、左で当然取る位置のものも右手で取るのだ。

右利きの人は左利きにはなれない。酷な話だが、右手に幾らかの機能が残っている人は、決して左利きになれないと思う。私にしても、右利きで通してきている。右腕がここまで動くようになったのだから左利きに変える気持ちなどはない。

私の心に食い入る言葉だった。普通の体の人には何でもない言葉だろうが、私にとってはこれからの生涯に、最後の日まで守っていかなければならない言葉であった。

そして別れまであと数日しかない日の事である。私は鏡の前に行き、上衣をぬぐように言われた。

「胸を見てごらんなさい」

「はい」。何だかわからないがそう返事をして上着をぬいだ。何も変わったことはない。

「何でですか……」、私の訓練中の体の状態でも見てみるつもりなのか。

「よく見て下さい。胸のところを」

私は胸を見る。先生は黙っている。が何にも変わったところ……？　が、あった。胸の乳斑、右の乳の位置が左のそれよりも一寸下の方にあるではないか。あれほど、過激な運動もし、手足を痛いのにも負けずに訓練をしたのに、私の右胸の乳部がたれ下がっている。脳卒中は、これほどにまで、私の体の中に深く静かにめり込んでいたのを知った。

先生は静かな調子で語ってくれた。あとは自分でバランス感覚で直していくだけだ。乳部はそれでもう上がらないかもしれない。それでも私がこれまで身につけたバランス感覚が他の感覚も身につけていってくれるはずであるから、と。バランス感覚は脳の未知なる部分を刺激して違った脳へと連絡をとるらしい。そのような何だかわからない難しい話をしつづけた。

こうした心の面まで指導して下さったこのリハビリの先生は、私の痛みの中から幾多の奇蹟ともいうべき実績を残し、私に別れをつげて去って行った。

若いが偉大な人であった。

一般病棟へ

数日たって、かの訓練士を紹介して下さった医師が診療に来た。

「どうでした。厳しかったでしょう。でも彼は自分で訓練の事務所を持つ人です。一人でやっているんですよ。評判が良くってね……」

そして、私の診療を簡単におえると、切り出した。

「小田さん。もうこの辺で、一般病室へ入ったらどうです?」

「ええ、でもここがいいんですが……」と答えた。私のその後の訓練も何もかも知っている医師である。それを断るのは身勝手というものだ。

「でもね、貴方はもう自力で抜け出せるんですよ。また病院がどんな所か知るためにもね……」

「はい、よくわかりました。そうさせて下さい」

私の思い通りに事が運ぶことがおかしいのだ。この病院は救急病院。次々と患者が運ばれて来るのであるから文句を言う方が間違っている。

私は別棟の病室に運ばれた。普通の病室とはすこし違い二人部屋でカーテンの仕切りがある。ただ、個人のリハビリ用にしていた空間のない事が残念であった。妻は自由に私の所に出入りできるので、久しぶりの自由を楽しんだ。

丁度その頃、九州では私の病気を知った妻の父親が転院の受け入れ先を当たっていた。七十八歳という老人であるが、まだかくしゃくとした町の世話人である。実はこの病院は救急が専門で総合病院のような設備はない。

義父の友人のとり計らいで、福岡県飯塚市にある○○総合病院に転院がやっと決まったのであった。

それからが大変なことになるのだった。東京の病院から福岡の病院へ、この私を大移動させせねばならない。

飛行機で移動させることに決まった。その予約が手間取って、ようやく翌々日の便が決まった。私は東京の病院の退院手続きを完了している。また病室はもう後に入る患者が決まってしまっている有様である。

病院の計らいで、どうにか一室を確保した。それは、最初この緊急病院に運ばれた、あの恐怖の病室であった。勿論私はそれを知らず、私の妻も、正に地獄を味わった病室だったのである。

そこで見たのは、私にとって初めての峻烈な光景だった。出発までの二昼夜に救急車で運ばれてきて、救護の甲斐もなく死んでいく人の姿を見て、その悲しみを肌で感じとった。

私も、一月一日に、同じようにして運ばれて来たのだ。そして、はからずも「生」を見い出した一人であった。

屋外で倒れていたまだ若い男も亡くなった。酒に酔って車にひかれた六十代の男は助かった。奇声を上げ、看護婦さんに喰い下がる半狂乱の男もいた。五十代の野宿者は、私と同じ脳卒中で倒れ、発見が遅れて死んだ。急いで家族の待つ家に帰るところを、酒酔いの車にはねられたサラリーマン。その人はまだ意識があり、最初は助かると思われていたのに、急に容態が変わって死んでしまった。その人の妻子が、しばらくしてやって来た。声をかぎりに主人の名を呼びつづけていた。

この病棟に、ほんのわずかに生を求め、散っていく運命に涙した。救急病院は、死との向き合いである事を知った。私は生と死の向き合わせに直面したのは、私の宿命であったし、私自身の誤りをみつめ直す為の神の計らいであったと思う。あの医師が言った言葉の意味がよくわかった。

リハビリは信念

飛行機で転院

平成五年四月。私の四カ月の病院生活は、貴重な体験を多くあたえてくれた。やっとこの病院を去る事が出来たのは、今も忘れ得ない多くの人達のお陰だった。

そしてこの小さく変わった男の大移動が始まることになった。大移動といっても、飛行機を借り切って九州へ旅立つような身分ではない。だが確かに私の側に立つ人にとっては大移動である。

病院の先生達の計らいで、二人の看護婦さんが付きそう事になった。妻も一緒だから計四人である。だが、普通席で飛行機にのるには私は病人で足が悪いからということで無理なのである。私は別に飛行機が苦手ということでもない。一度は死んだ身体だから、平気なのだ。ファーストクラスにのることになった。飛行機は羽田発日航便。それには自動車で行かねばならない。

私は特別のつくりを備えた車のベッドにのせられる。痛かった懐かしい病院をあとにする。

看護婦さん達と妻も同乗する。道中の長いこと、救急車はサイレンを鳴らしても道路は一杯の車でどうにもならない。羽田はこんなに遠いのかと思った。

こんな高い所にのりたくないしのる身分でもない。しかしエコノミークラスにベッドを運んではのれない規則があるらしい。だから、ファーストクラスの座席を八つ。それを占有しなければ特製ベッドは入らない。

広い空港の下を横切って救急車は停まった。一般乗客の入り口とは違う別の入り口、私にはわからないが、急にベッドは何かで持ち上げられていく。ベッドは外が見えないような何かで被われている。まるでどっかの王様か貴族のようだ。豪華きわまる座席がはずされて、私は一人特別のベッドに横たわっている。私のその位置からぼんやりと三人の姿が見えるだけ。この豪華な部屋は外とは逆の地味で味けない旅になる。

やがて飛行機は飛び立った。外に見えるのは窓の外の雲、雲、雲。そして時折、青がのぞくだけの空。自動車の中の疲れ、飛び立つまでの長い時間のせいで私は眠くなって来る。

私の同伴者達の話を聞くこともなく、飛行機は福岡空港に着いたらしい。私は妻にたずねた。

「飛行機と車。どのぐらいかかったのかね」

私はその費用を聞いたつもりだった。

「どのぐらいだったでしょう。四時間ぐらいではないでしょうか」。妻の答えだった。

「そうか……」。私にはそう答えるしかなかった。


私の心ははずんでいた。これからまた、新しい入院生活だ。右の半身もどうにか動かせるようになったし、まだ腫れてはいるが右の指でどうにか箸も使えるようになっている。こういう風に時間の経過と共にたえず使っていれば治ってくると、あの若いリハビリの先生も言っていた。そう思うだけでも嬉しさがこみ上げる。

福岡空港から再び病院へ運ばれて行った。同じような車だった。そして○○総合病院に到着。自分の考えでは、ゆっくりとでも歩いて行きたかった。しかし病院の規則は意外と厳しく、車椅子でないと入れないという。勿論、私は大反対である。「車椅子はいやだ」いやだいやだの駄々をこね、結局それではという事で、ベッドのまま運びこまれるという羽目になってしまった。とんだ所で重病人あつかいを受けた。

そしてすぐそのあと、親しかった看護婦さんとの別れが待っていた。東京の病院に、至急帰らねばならないと言う。本当に申し訳なかった。私の病気に対する病院の最後の親切だった。東京の病院は猫の手も借りたい毎日であったのだ。それでも二人も看護婦さんを付けてくれた事に感謝した。

二人は病院での手続きをすませ、今日の飛行機で帰らねばならない。いよいよ帰る時二人は私の右手をわざわざ握ってこう言った。

「しっかり治してね、貴方ならばきっと治るわよ」

二人の笑顔はずっと心に残っている。

新しい総合病院

私は今までの古い「殻」を破って全くの別人になろうと心に決めた。これまでの栄光はすべて無にしなければと思った。それに縋って生きていては、激動の平成の時代は渡っていけないと感じていた。

私の生まれた昭和の時代は、すでに変わってしまった。平成の時代は、過去「十年、ひと昔」ではなく、一年もすれば、「もうひと昔」の様相を示していた。

時代はもう電子の時代であった。コンピューターは巨大な姿からコンパクト化され、ポケットベルがもうすでに生活の便利さを失い、大きな不格好な携帯電話が昨日まで主流だったのが、小、中学生まで小型化された薄い軽い携帯電話を持っている。人間の集まりよりも、家庭用のパソコンにへばりつく若い人が多くなっている。私達が遠く夢のように思っていたことすら、もう通り越して、時代は次々に変わっていっているのだった。

この殺伐とした無国家的時代の到来に絶望するか、それを当然のこととして前進するしか道がない。時代の変換期であり、それを受け入れるか、それとも拒絶するかしかない。恐ろしく空虚な時代が来たという事だった。

私は未熟な脳での再起を誓った。病院の診断の結果、私の薬はだいぶ減らされた。ただ再発のおそれが十分あるため、血圧降下剤だけは一生飲みつづけなくてはならないのだった。毎朝、食後の三十分に一度薬を飲むようにと言い渡されたのである。毎朝、それも時間をかぎって飲むのだ。それが、時たま一人でいる時に、度忘れして、食後に飲まず、外出中である時など、私は慌ててまたそれを取りに帰るといった失態を何度も繰り返した。そうしてこの薬も、この二年前に、半分の量でいい事になってきた。「飲めば治る」と昔、夜店の立ち売り屋が言っていた通り、やっぱり忠実に飲んでいれば良いようだ。だから、私は医者の言う言葉は本当によく守っている。
そのお陰かどうかは知らないが、血圧は、いつ測っても上は百二十五から百三十、下は八十から八十二ぐらいの、私の年代の平均血圧値と丁度一致する。

病院では七十八歳の、歩けなくなった老人と同室だった。私は六十一だから十七歳も上の老人ということとなる。温和しい人で以前、高校の先生をしていたそうである。国語の漢文などを教えていたらしいが、その教え子なる人物は誰も来なかった。もう、世間にも、教え子たちにも忘れられたかのような人で、一日中ほとんど寝るか、起きている時は何か読書をしている。時には消灯時間後もスタンドの灯りを頼りに夜通し読みつづけて、私を困らせた事もある。

夜は何度も起きて、部屋に備えてあるトイレに行く。足の親指が数年前に切断されていて、足がなお不自由になり、とうとう病院にお世話になる事になったらしい。松葉杖で、そろそろと時間をかけてトイレに行く。トイレの入り口の戸をあける。開けっ放しでないと足がもつれる人である。済んだあとドアをしめるよりも、松葉杖が先に立って開けたまんま、気がつかない。必死にベッドにたどりつき、そうして眠ってしまう日が多かった。

私の方も、彼のトイレの時間が気になって、何時も彼の時間に尿意を覚えたりした。だから、彼のトイレのドアの後始末は、看護婦さんも気づかずに済んでいた。彼は時折訪れる品のいい奥さんにも、ほとんど話をする事もなく、夢中で本を読んでいた。

リハビリの時間になって、勇んで出かける私と違って、もう悟りきっているのか、いくら看護婦さん達が催促しても、ただ、「はい」と答えるだけで、枕もとに本を置き、読みふけっていた。

私は当時六十一歳である。それでも一年生になったつもりで、将来の希望があった。

彼は年をとっていると言い、「私はもう歩けない」と私に時々語っていた。本当に、気の毒な人であった。奥さんは、そんな主人に対して、「小田さんの精気をすこしでも吸ったら」と言って嘆いていた。

第二のリハビリ

私の考え方から遠くに身を置き、一人自分の道を歩むその老人にかまってばかりもいられなかった。またすっかり冷え切った日々を読書でつないでいる人には、かえって迷惑だと思い、私は自分のリハビリに精を出した。

訓練所は設備が万端とととのっている。また、何十人もの患者が集まり熱心に練習しているのを見て、東京の訓練所とは全く違った雰囲気に目を見張った。

始まる日、面談がありリハビリの先生がいろいろと質問したり、ここの施設の説明をしたりする。先生は四十がらみのすごく体格のいい人である。私のたどたどしい話を熱心に聞いてくれた。私は、東京のリハビリの先生の事を話した。じっと聞いていた彼は言った。

「その通りですよ。痛くても一日も早く取り組んでよかったですね。その先生は立派です。私の考えている事と全く一緒ですよ。まだ若い人らしいが、東京にも大した人がいるのですね」

そして、それにしてもそれについていけたのだから、「貴方はえらい」と冗談まじりに褒めてくれた。

彼の人となりにつられて、つい私の経歴の一部までを喋ってしまった。

「えっ、貴方の本なら買って大事にしまっていますよ。名前は確か〇〇と著者にある。そうでしたか、お見それ致しました」

私が彼の言葉を遮った。

「もうその事はない事にして下さい。誰にも言わないで下さい。私は貴方の生徒です」

きっぱりこう言った。彼もその約束を守ってくれた。

「私に任せて下さい。貴方の希望がかなえられるように、絶対にそうします」

彼はそれからというもの、私の事を親友のように見てくれた。私も年齢は関係なく良き師と仰いだ。時には時間もかけ、自分の努力している事が無駄な努力でないかと泣きたい気にもなった。ある時は成果をあげては自分が努力した甲斐あったと思ったりした。

私は妻には決してリハビリの訓練所に立ち入らないようにと念をおし、必ず一人で立ち向かった。何にも出来ない事を見せるのもまた、私が一年生としてどんなに幼稚な動きしか出来なくなっているか、その姿を見せる事を恥ずかしいと思ったからである。リハビリの途中に私の番が来て、何か蒲団みたいな敷物にまたがる器械があり、それは温かくて気持ちの良い器械だった。後で退院した時、そこの先生にたのんで買って使ったが、体に電気が流れて、麻痺した半身を楽にさせた。今はその器械を後輩の脳卒中の方に上げたので名前さえ忘れてしまった。冬の寒い時には麻痺した足が随分楽になっていた。値段は高額であったようだ。今は懐かしい器械として思い出される。

訓練所には片足のない人も片腕のない人も多くいた。頭脳の面で見劣りのする人もいた。私もその中の一人だった。

いろいろの人達もいた。そしてその中には、もう十年もリハビリに通い、全然機能の回復していない年配の婦人がいた。よほど、いい家庭の人だということは言葉遣いでわかった。しかし何故リハビリの成果が上がらないか、先生に聞くと脳卒中は軽い程度だったという。しかし、裕福さが災いしてか、優しいご主人がいつもついてきて、金棒や梯子のある場所につきっきりで指導している。最初は先生達も指導していたらしいが、あまりに一緒の場合が多く、教えてもご主人の方にばかり頼り、もうあきらめているそうである。怪我をしてでも、やはり他人が教えてやる方が良いようだ。

訳のわからない患者もいた。自分だけが早くすんで早く帰りたい。そういう人は、とぼけたふうをして他人を押しのけるので皆に嫌われている。それを承知で、その男は早くすまして、早くここを出て集会所で仲間と集まるのである。そんな人達は、たいていは交通事故で、被害者としての権利を最大限に活用しているような人が多かった気がする。

こうして真面目な患者を尻目にその人達は集会所で馬鹿話や賭け事にあけくれていた。

でも専ら、リハビリに専念している人達にとっては逆にそういう人達は邪魔なだけで好都合であると思った。

この病気の本をいろいろと買って読んだ。そして百分の一から百万分の一の「確率」がある場合もあることがわかってきた。そうだ、私はその確率に賭けることにした。その希望に向かって真正面からぶち当たってみることにした。

リハビリの先生も寸暇を惜しんでは、私の所にかけつけてくれた。思うように右手足が動かない時もある。そういう時に、手を替え品を替えて新しい方法を試みてくれた。こうした試みはこの先生のその後の人達の発展の基礎となって次なる病の人のために随分と役に立ったということである。この先生も、また東京の先生も、私にとっては、かけがえのない「当たり」であって、もし、いいかげんな人が私のような不甲斐ない患者をあずかったとしたらと思うと、本当に立派な先生に育てられたのだと心から感謝したい。

でもこうしたことは今になって言える事で、その間の苦しい空しい歳月が流れていったことを時にはうらみもした事は確かであった。

梯子に登るのはいいが、一番上から今度は降りる時、元々頼りない右足がつっぱって、動けなくなり、降ろしてもらった事もあった。両腕をわたし台に置いたつもりが、左腕だけのっていて、右が宙に浮いて力一杯頭をぶっつけたりもした。登りと降りの台に片足がつかえて転んだり、私のズックが飛んで行って、なお悪いヨタヨタの患者さんの足元で止まった時はほっとした。

私は私なりに一生懸命やっているつもりだが、何しろ不自由な体だから横にいる人につんのめって倒れたりもした。そういう思いを沢山こめて立ち上がる私と、やっぱり同じ気持ちで共にリハビリに励んだ若い人、その人が、見る見る目標を通りすぎ、私がまだ出来ない縄とびを軽々とやってのけた。

そうしたある日、病室に帰った時、まさかと思う、今朝、挨拶を交わしただけの相部屋の老人の死。その人の死は優しく穏やかに眠ったままの死であった。

私はこれまで何人の死を目撃しただろう。元気だった頃、死とのへだたりしか持たなかった自分。そして現実の死は、もう代えのきかない沈黙である。この時はじめて、話はあまりしなかった隣人の死を悲しく思った。毎朝の、「お早うございます」と言う、たった一つの言葉ももう聞けないのだ。悲しい、そして無理して作った奥さんの笑顔も、物さびしかった。

その後、また新しい患者が入って来た。今度は年も四十代で同じ脳卒中ではあるがごく程度の軽い虚血性の患者だった。この人は、今度はよく物を言い、楽しい話が出来た。麻痺らしい傾向もなく上気分で自分の事ばかり話して、とても楽しかった。よく考えると、私は口が重くて、私のことをしゃべる能力が随分と違っていたのだった。そしてさっさと退院してしまった。名刺を私に渡して、是非よくなったら遊びに来るようにと言っていた。「株式会社○○社社長」。あっけらかんとした顔は何となくトドに似ているなと思った。後のことになるが私が病院を退院した時、彼の会社に電話をしてみた。

「おかけになった電話は現在使われておりません」

電話局の声であった。

あくまで想像でしかないのだが、中小企業はその頃どこもこういう事が起こっていた。世の中は曲がり角、若い人達までが職を失い、つかまえどころのない不況が襲っていた。もうトドさんのあの懐かしい声は聞こえない。そんな時代だった。

それから数日後だった。うれしい報せが来た。「病院内外出許可」がおりたのだ。

それは正に院内を散歩していいのだから、私のようにリハビリと寝室の間にくぎつけになっている者にとっては、もう居ても立ってもいられないほどうれしい事だった。医師の診察と、食事の時間以外なら院内どこでも行ってよい。

まだ足の多少よろめくのは当然であるが、よろめき、倒れかかった人も病院には沢山いるし、それでも歩いてよろよろしても誰も気にとめる人はいないのである。

朝、妻が入って来る玄関の内側で待機したこともある。それから、敷地が広いのには驚いた。私が知っているのは、玄関でなく、裏玄関であることを初めて知った。救急車などは裏玄関から入るようになっていた。同じ病院なのに病院を外から見た事はない。

外科、内科、小児科、耳鼻咽喉科、放射線科と各科毎に貼ってある名札があって、それを追っていると自分がどこに居るのかわからなくなるぐらい広い。とうとうわからずに通りがかりの看護婦さんに元居た場所につれて来られたりする。また元の所に来てまた迷い今度は何時の間にか、風がスーっと入って来る所に来ている。そしてそれが自動車の駐車場へ出る道である。何十台という車が駐車している。後で聞いてまた驚く。それは職員の駐車場。来客用の駐車場は、別にあって、第一、第二、第三とあり、そこも朝早くから来た車で一杯になるという。

○○総合病院は大都会の病院と違って、造りが大きいだけでなく、施設も充実している広い病院だから、歩くだけでも大変である。多分十分や二十分はかかると思う。

食堂もある。厚生施設が充実しているせいか食堂で働いている人も、かつては患者であったりした人達が多くて入り易い。花屋、日用品屋、散髪屋、マッサージ屋と病院内にあり、ないのはパチンコ屋だけ。自動販売機は酒だけがない。銀行の出張所も一つあった。

「ああ、こんな所があるなんて」

私は驚嘆するばかりだった。それもこれも、その日まで全く知らない初めての小世界だった。

昔は小さな駅があった。その駅も現在姿を変えた。病院のお陰で大きくなったのだろう。駅から二分ぐらいの所にあり、この土地の住人も勿論、遠くはなれた地より来る人が多く、多すぎて初診の患者なんかは一回待って、やっと自分の番が来るという近郊では有名な病院なのだ。衆議院議員の有名な○○氏が所有しているものだと言われている。

悪い事とは思いながら、一寸病院の裏へ出てみる事にした。救急車が来ていないので裏の空き地は広々としている。そこを通りぬけるとすぐ信号があり大きなスーパーがある。その向こうに線路が見える。そこが○○○駅である。

日を増すごとに病院の大きなことを知った。今まで六階の窓しか見なかったが、下に行くと入り口が何カ所もあり、その周囲に必ず病院の駐車場があり、朝のうちはぞろぞろと患者の身内らしい人達が入って来る。第一、第二、第三に加え第四の駐車場があっても入りきれずに駐車係員が通用門と逆に車をとめさせるような状況である。

心は躍るリハビリの時間になった。リハビリの先生が私に何か話があるという。先生は悲しい顔でこういった。

「実はですね……私、広島の病院に行くことになりました。ここはとっても素晴らしい病院です。でも、私は広島の出身で、親父が歳で、どうしても広島へ帰らなくてはならなくなりました。貴方には大口たたいてばかりで何も出来ませんでしたが、貴方の努力でしっかりと歩けるようになりましたし、足元も、もう普通の人と変わりません。ただ右腕の指がすこし心配ですが、私は素直に申しますが、本当に治ります。これだけは本心です。……頑張りましたね。これからも頑張って下さい」

私の心の中はさっきの晴れ渡った気持ちから、一気に暗闇へ落ちたようだった。これほど親切に指導し私の心の支えであった人が……、でもそれは仕方のない事だった。私の心の奥底に、この先生の今までの思い出を残してゆこう。

右の指の腫れも、必ず治ると先生は言う。去ってゆくための餞別の言葉ではないと思った。私は、これまでの指導に対して御礼の言葉を何度も繰り返した。

彼の「確信」の言葉として受けとった。沢山の訓練士の中で彼は評判も良く病院は彼を何度も引きとめたとあとで聞いた。私は彼のお陰でふらつきは治り、一度も杖を使わずに来れた。

数の発見

彼が去ったあとしばらくは空しかった。しかし、小学生ではあるまいし、私は私の方法で考えを新たにしていた。もて余しの時間をほかの事を考えてまぎらわせた。

病院の中にずっといると月日を忘れてしまう。私だけがそうなのか知らないが、月はわかっていても何日だか、そして、一番大事な曜日を思い出せない事がよくある。そういう時に限って、カレンダーが掛かっていない。あったはずだが、去年のカレンダーが置いてある。

それを見ている中に、一寸面白い事を見つけた。一月、二月と数えていると、日数は一日から二十七、八日、そして三十日、三十一日と、昔、小学校で習った通りにおぼえているから大した問題ではないが、曜日は七日間に決まっているから月によって違う。カレンダーを見ていると偶然、変に一致した数字が縦に並ぶことを発見した。

一、八、五、二、九、六、三、〇、七、四、という数字が並ぶ。縦の数字の前に一、二、三、とつけてみる。数字は重なるがあとに残る数字は一、八、五、二、九、六、三、〇、七、四。その数字が要するに曜日に重なるというわけである。毎月の数字の違いは月によるが、曜日は七日間という絶対数字である。だからその月のはじめが何曜日かだけを、覚えていればいい。

五月	日	月	火	水	木	金	土
					①	2	3
	4	5	6	7	⑧	9	10
	11	12	13	14	⑮	16	17
	18	19	20	21	㉒	23	24
	25	26	27	28	㉙	30	31

六月	日	月	火	水	木	金	土
	①	2	3	4	5	6	7
	⑧	9	10	11	12	13	14
	⑮	16	17	18	19	20	21
	㉒	23	24	25	26	27	28
	㉙	30					

覚えかた。一《イ》八《ヤ》五《ゴ》二《ニ》九《ク》六《ム》三《サ》〇《レ》七《ナ》四《ヨ》。

この覚え方は各人自由。
次は月の悪い読み方だが、やめたがよいと思う。
一月　行く、行ってしまう
二月　逃げる
三月　去る
四月　死ぬ
五月　ごねる（ぐずぐず言うこと）
六月　ろくな事ない
七月　質通い
八月　八苦
九月　くろう
十月　寿命がない
十一月　トイチ
十二月　重荷

よい方向に持ってゆくと

一月　いい月

二月　にぎやか

三月　さんさんと

四月　至宝

五月　極楽

六月　朗報

七月　なごやか

八月　はりきり

九月　黒字

十月　受賞

十一月　秀逸

十二月　自由に

数字の読み方　変え方

1　ひ　ワン　ひとつ　いち
2　ふ　ツウ　ふたつ　にい
3　み　スリ　みっつ　さん
4　よ　フォ　よっつ　しい　よん
5　い　ファイブ　いつつ　ごお　ごん、ご
6　む　シックス　むつ　ろく
7　な　セブン　ななつ　しち
8　や　エイト　やっつ　はち
9　く　ナイン　ここのつ　くう　きゅう、く
10　と　テン　とお　じゅう　ゼロ、マル

はしごや　8458

みなくろ　3796
しごくいい　4591
いいわよ　1184
はによい　8241
ころしや　5648
さいはて　3180

だれでもやることだが、こんなことで脳の機能低下に歯止めをかけたりした。

リハビリ設備

病院のリハビリ設備がどんなものか、お話ししよう。私は二百畳くらいの広さの所で、ありとあらゆる訓練を受けた。

はじめは両側に転倒防止の手すりのついた所を歩かされた。手すりは先に行くにしたがって広くなっているので、やがて、つかまりそこねて倒れそうになる。次にごくかるい傾斜のついた上り板をわたる。それぞれ手すりはある。傾斜の板坂は平らであるが、下りる向こう側には一つ一つ小さな切れ目がついている。これを反対から上ろうとすると、何でもないと思った切れ目がたとえ一センチ高くなっていても、悪い方の足がひっかかり転倒する。なんてことはないと思っていた事が、大事故につながる。

登り台は、確か小学校の頃にあった天井付近まである横棒が並んだものだ。子供ならば何でもなく、登っていくものなのに、足の悪い大人は大変苦労して登り、降りる時は、どの足使って降りようかと足を確かめて、いざ降りるとなると、片方がくっついてなかったりする。足の感覚は非常に大事なので、この台の使用はリハビリの先生の下に行わないと危険を生じる。

鉄棒もある。鉄棒で練習するのはかなりリハビリ訓練の年季が入った人で、これも基本運動だけで、いわゆる体操の鉄棒の技術ではない。

ありとあらゆる器具が並び、まだ包帯のとけない人も来てそれに応じた訓練をつづけている。マットが敷いてある所に行くと、タチの悪い患者がそこを分捕って休んでいる。

良い患者はそんな患者を、自分達とは別視しているので、知らぬ顔をして見すごして通る。やかましいリハビリ訓練士が来ると、彼らはさっと散って何処かへ行ってしまう。

体が疲れると今度は手仕事の勉強の場へ移る。絵文字が並んでいる。子供じみてはいるが、私もそこに座ってみて驚く。読める。だが書けない。文字が下手になっていることは十分知ってはいるつもりだ。だが、たとえば、「庭」という文字は覚えて発音も出来るが、「にわ」と書かれて、「はなのさくにわ」と書きなさいと次の頁にあり、急に書くとなると、花の咲く「にわ」がみだれて「广」までは書いてみるが、あとはどうだったかわからない。読み書きと並んでいて、誰でも文字を読み取るのに「にわ」の文字を書けない。こういう脳の遅れが重なって失語症とか言語障害になる人が多いと聞く。

しばらくすると、「庭」という文字を思い出す。

この事はショックだった。後で思い出すのはまだ良い方だという。だが私にはそれは大変なことだった。私も言語障害をきたしているのだ。あの先生が言ったのはこの事だった。

こう思った私はすぐにこれが、「生きてゆく」と誓った最大の障害となると考え、この言葉の壁をつきやぶる猛特訓をはじめる。しかし、私の特訓は、他の患者さんの訓練等もあり、あてにしていたあの先生もいなく、ずっと後になってようやく成果が上がるようになった。

風呂

そうする中で、風呂にも曜日を決めて入れるという許可が出た。それはもううれしい限りの一日だった。病院には階下に患者用の風呂があって、何時もカギが掛かっていた。このカギを新しく看護婦さんが持って来た。入湯の時間も書いてある。

私の散髪は時々、病院の人が来て、やってはいたが、頭の髪の毛はすっかり白くそまり、まるで幽霊のような顔だった。風呂に入れないので髪は妻がどうにか洗ってくれていた。髪の毛も少なくなり洗う手間も省けただろう。

そして今日、妻と二人（患者には同伴者が必要）、散髪屋で男ぶりを上げた（つもりでいた)。

時間が来た、さあ風呂だ。カギを開ける。うす暗い。蛍光灯もわずかにだが揺らいでみえる。中には手すりや何やらいろいろと介護用の設備がついていて、いかにも病院専用の風呂だとわかる。私の直方市の家のように前から一面に陽光が入り、窓の外を眺めるような風呂ではない。

でも、風呂に入れるだけで幸せだと思う。妻がとめるのも何のその、風呂の湯にとびこんだ。風呂はぬるめの感じだった。水色のままのお湯、入浴剤もない風呂だった。長湯は禁止と書いてある。しかしそれにかまわず今日はわざと見ない事にして風呂に入った。

妻は約半年もの間この体を洗わなかった亭主と共にいた。毎日、トイレの片すみで私の体をふいていた。今まで苦労した頃を思い出したのか、うれし涙が光って見えた。そして、私と一緒にいたせいで彼女なりにすっかり歳をとってしまったのをはじめて知った。私の体を洗っている時に妻の白髪が増えた事も気がついた。

着替えをすませて時計をみると一寸ばかり時間をすぎていた。長居をしたが、別にその後入って来る人はいなかった。立て鏡に全身がうつった。相変わらず痩せている。右の口元だけいやになるほどたれ下がっている。それでも風呂に入れた初日は満足でよく眠った。

もうここに入院して三カ月はたっていたようであった。

いよいよ「外出許可」が本格的に出た。腹も減った。食堂に行っては従業員の皆さんとだぼらも吹けたし、時々は腹が減りすぎて決まりの食事以外のものも食べるようになっていた。何もかも新鮮に見え美しかった。初々しい夏が始まっていた。十か、せめて十五ぐらいが最高だった握力計が右の指を測ると倍ぐらいになっているのだ。二十五、二十三、二十五と自分では信じられないほど強くなっている。それでも男性の握力は三十五ぐらいないといけないらしいが、二十五もあれば今後はどこまで上がるか、という希望がわいてくる。勿論右腕の痛みもあるし、親指と人差し指の大きさはあまり変わらないが、握力が強くなっている事は事実である。

確かに従前の寒い日の頃と比べたら格段に進歩している。こんな事は今まで読んだ本にはあまり書いてない。しかし、事実がそこにある限り新事実だ。

普通の道路ですべった事はあっても、転んだという事はこの頃はなしである。痛みといえば、どの年寄りでも同じではないかと思う。私が生れてからこの病気にかかるまで、痛みなしですごして来たんだから、少しぐらい年寄りの痛みをわかってもいいじゃないかと思ったりした。

晴れた日もあった。曇りでもういやだと思った日もあった。それらの日々を通りこして、私にとうとう退院の日が来た。

退院

私には還暦も古希も不要である。私は年数を新しくして一年から二年、そして三年と決めている。還暦などは病床の中で飛んで行った。恐らく古希も十年後に来るだろうが、古希なんて糞くらえだ。

老人を大事にと思って作られたのだろうが、私には平成四年でおさらばだった……。

平成六年三月、その日は晴れたぽかぽかの春日和だった。副院長○○先生から退院の通知をうける。この先生が私の治療を医学面から支えてくれた恩人である。脳治療の権威であり、多くの大学で講演もされている。

退院ではあるが、外科の患者と違うところがある事は患者自身がよく知っている。私は血圧の不安が残るために毎月一回の通院である。それはそうだ、私の身体は、現在良い方に進行形の状態だが、三カ月に一回は超音波検査もちゃんと受ける。

一歩前進だ。血圧がまた上がって、再度脳卒中を起こすと今度は「死」が待っている。人間は必ず死ぬが、死ぬ時は「元気」に死にたい。無理かも知れないが、そうして死ねば最高だろう。前進だ、前途は明るい。

東京の病院で、初めて「病人」となり、改めて知った病人という生活は私を随分変えてくれた。

私にとっては、一年という長い（短いかも知れない）病院生活は前に向かって前進することであった。病気慣れのせいか、体重五十四kg、と入院中も帰宅後も、いくら時間がいや年月がたっても元の七十kgにはならない。食欲はあるが、以前のような暴飲暴食は出来ない体になっていたのだった。そのため、今まで着用していた七十kgのときの洋服は今の私が二人分は入るような太い衣類となってしまっていた。友達にあうようなサイズでもないのである。巨大な短足サイズのデブデブ衣類は処分してしまった。記念に一つだけはと妻が一着だけ、見えない所にしまっているらしい。私は今十年目である。あの腹太おじさんとは別の人生をたどって生きているわけである。家に帰ってゆっくりと新聞を読んだり週刊誌を読んだりしてすごした。そして、病院にいた頃にやりのこした事をしなければ、人との新しい交流の中で、生き恥をかくことになると思った。

私は元来、数学の知識はあまりない……と思っている。ある日、妻がいない時、八百屋の配達が来て、金を払いつつ何故かつまったような感じを受けた。集金人が悪いわけではない。集金人の言っている野菜の数がわからないという致命的欠陥がある事に気がついた。

私が気がつかずにいた「数学」も、「つみ重ね」も、「数の引き方」も、それを「掛け合わせる」ことも、「割ること」のすべてがわからずにいた。衝撃的な事だった。

「二、十、百、千、万」と言えるぐらいは常識的にはわかっていたつもりが、それ以上の単位になると、さっぱり数えられない。十三と八を足すと二十一となるのに、それを二十四と答えてみたりする。言われればわかる。自分で正しいと思って答えれば間違った答えになる。九九の暗唱でもわかっている時と間違っている時とがかわるがわるに起きている。そういう時、私は「一年生」になる事を考える。それはもう度々の打撃をうけて、何とかして今まではね返してきた私の対処の姿勢でもあった。

早速、図書館に行き、小学生の算数の本を借りだし、あとは、中学の教員になっている娘を呼んでは九九の発声練習。簡単な足し算から始めた。勿論、素質に優れた有能な一年生。そして所どころは、まだ忘れることなく覚えているものなので、覚えは早い。九九の発声がかれる頃には、もう引き算に入って、みるみる成果をあげる。脳のなくなった扉は開かなくても、私の別にしまっている脳の扉を開けてくれていた。通常の人に教えるよりも早く納得ゆくものであったと、娘は笑いながら語っている。

そのあと、次々に新しい私自身の間違いを発見した。それに対して何時も一年生で臨んだ。もうその事は日常茶飯事になり、いろんな事に遭遇しても大した驚きではなくなっていた。

人には達筆だと言われ自分も昔はその気になっていた。だがノートに残る私の文字はやっぱり一年生だった。もっとひどい文字であったかも知れなかった。そのノートを何冊も何冊も書いてはためこんだ。一年生から十年生。その当時、書いたものをためこんで持っている。今、見ても読めない、書いてあってもわからない事だらけ、何の役にもたたないだろうが、私の「宝もの」である。

私はそういう思いで、ありとあらゆる目の前のものを文字にした。一旦やり出したらなかなか止まらない私でも、これをやるには本当に骨が折れた。何本のボールペンを使ったことか。同じタイプのボールペンは姿を消し、今はいろいろな新しい形のボールペンになってきている。それほど、紙を費やしボールペンを使っても使っても文字はなかなか上達しないものである事を知った。

それでも、一年前、二年前とノートの表紙をめくると字は変わっているし、内容もすこしはわかるようになっている。だが、まだ右の指が腫れていた。

それでも何でも文字にし、テレビを見ればアナウンサーの言葉を書き、新聞紙、週刊誌はそのまま句読点まで丸写しにした。この頃の私はまだ「私」ではなく、正直な話、尾翼の一部分を欠落してる飛行機みたいな不安定な状態であったと思う。知らない人の集まるいろいろな会に顔を出し、さまざまな人達と会ってみた。他人の考えを聞くのが常であったと思う。通信教育の○○書道協会へも入会した。昔は、この会の教えを受けていた事があるが、私ははじめからやり直しをした。

筆の持ち方、墨のすり方、紙の置き方まで基本から見直した。秋の空のように私は変化した。良い時には審査の教師がびっくりするような文字で驚かし、ある時はいたずらみたいな文字を書き、そうした時は首をかしげられても仕方のない悪筆であった。それもみんな「私」の作品であり、その時は至極まじめな気持ちで書いたのであるが、どうしても審査する人達の目にはうけ入れられなかった。

こうした長い浮き沈みの人生はつづいた。奇抜であり奇妙であり、結局は私の症状を知られぬ間に会をやめた結果になるが、習字の先生になるわけではないのでそれで十分だと思っている。

●前頁の直筆原稿

かし、或る時はいたずらみたいな文字を書き

を投げられても仕方のない悪筆であった。それ

もみんな私の作品であり、その時は至極まじめな気

持で書いたのであるが、どうしても審査する人達の目

にはうけ入れられなかった。こうした長い踏み迷いの

人生をつづけた苦行であり苦悩であり、結局は忘れ去られ

書道に向うその道をとおした結果になるかも知れない。習字の先生

は何らわけなぞはないので、それで宜いのだと自分なりである。

取りもどした名前

自動車免許

そんな時、福岡の公安委員会から運転免許の更新の連絡が来た。私は東京から福岡へ住所も変更しているのだった。病気中のごたごたに巻きこまれていた為に手続き遅れの通知でまだ十四日間の猶予のある事を知らされたのである。全くもって困った。困った原因は右指の親指と人差し指がまだ腫れていることである。病院を退院した証明はすぐ書いてもらえた。しかし福岡の試験場では、病気や怪我で入院したり、通院したりしていた者には、指の運動をさせると聞いていた。

妻の弟に運転してもらい、不安を抱えて自動車試験場に入る。私のような人達だろう、十数人が集まっている。

試験場の係官が来た。

係官は私達を集めてこう言った。

「手や足の指が動かない人は？」

誰も手を挙げない。そうしたら、係官は皆に手を上げることを求めたのである。

私達は、皆手を上げて握った。私も両手をさし出して早く握ってみせた。そしたら、何も言わず、係官は次の講習会場へと移っていった。いやあ、驚いた。そして、皆に感謝した。

何もなく講習は終わった。新しい免許証が手に入った。それは平成七年の新免許証で普通車と自動二輪の大型となったが、一年間は大型二輪には他人を乗車させてはいけないと書いてある。見てびっくりしたがとれたは幸い。よろこび勇んで一年生。

運転免許証が手に入ったからには、運転してみたい。四、五日もすると、手が腫れていようがいまいがそういう気持ちがうずいてくるものだ。

しかし、大きな誤算があった。私は車という車には少なからず「自信」をもちすぎていたのである。その自信がことごとく打ちくだかれたのであった。

「自分の車」が他人の車に見えた。私は九州の家にベンツを買って、以前は思いっきりとばして鹿児島や宮崎に出かけていた。しかしまず運転してみると左右の間隔さえつかめない。私はシートベルトさえつけないで走ろうとした。

妻が心配して「もう止めて下さい」と嘆く仕末には驚いてしまう。車庫入れになると左ハンドル車を入れるには右によせなければならないが、右によせすぎて駐車場の壁につき当てたり、バイクの置いてある所に敷石を並べてあるのに、バックの力がありあまり、それを越してバイクを倒しバイクは駐車場の壁の後ろにころがり、その上後ろの壁まで壊し、壁が倒れて妻がせっかく美しく咲かせた花園にまで被害を与えたのだから、妻の悲痛も止めて下さいと言うのももっともであろう。新車みたいに光っていたベンツも中古車にしてしまい、バイクも傷つきバイク屋の修理、車庫は大工の手間賃もかかるという大失態を犯したのである。近所の家からもびっくりして人が集まる。

新車の輝きをみせていたベンツも、もう中古車然とした傷が残っている。

右側のドアを開けてハンドルがないとあわてた事、まるで車のＡＢＣでさえ忘れてしまっている。

妻が「もう止めて」と嘆くのは当たり前だ。

その後、妻がのる場所が変わってしまった。助手席にはもうのらない。私の後ろの後部座席。

今になってもそうである。この車は下取りに出しても三十万円ぐらいにしかならないだろうが、私には思い出のある車だ。走行距離も三万キロを出たばかりだ。何一つ欠けることなく備わっているベンツだから年式が変わっても手放さない。国産車も良くなった。昔の昔、最初にぶつけたのは初代のホンダシビック。右ハンドルで左側の電柱にぶつけた。それからは左ハンドルの車に切りかえた。そして何とか無事に切りぬけてきた。だから外車にしかのらない。

ほら吹きついでに私がのった車は数知れない。ジャガー、MG、GM、BMW、クライスラー、何台のったか、もうわからないほどだった。ポルシェとロールスロイスは遠慮をした。向こうに遠慮されたのかも知れない。免許証に大型自動二輪があることも自慢だった。古き時代からの通であった。ハーレーの同好会を作ったのもその為だった。昭和五十年には晴海の東京モーターサイクルショー（第五回）に三十年型のホンダ二輪車ベンリー号を展示した。多くの視線をあび、その当時、四倍の価格である好事家に買われた経験もある。

と、大ぼらと思って聞いてほしい。

ただ何故、こんな話をするかというと、脳卒中になった人の多くは「車の免許」なんて危ないからあきらめたりすると聞くからである。

車こそ、脳卒中の方々、闘病中の人々にとって最も良い治療効果があると思うからだ。

私自身、ひどい目に遭ったが、それが反省の起点となり、それ以来気をつけて運転し、一度も事故を起こしてはいない。

何にでも挑戦してほしい。それが貴方方にとって、必ず良い結果をもたらすと思います。

温泉保養所旅行（別府）

私はようやく、しばらくは通院しなくてもよいようになり、一人で温泉保養の旅行をしたく妻に話をした。時は秋、もうその当時二年半にもわたる療養で私の貯金も少なくなる一方である事はわかっていた。それを知りながらでも、妻は私の言うことに反対しなかった。

私はこれからもう一度前進しなければ、将来の生活を不安におとしめるようになる。各地の病院で費やした費用、高い医療器械まで買ってもらった事を考えれば、私への見えざる快方に手を貸して頑張ってくれた妻には誠に申し訳なかったが今は病院へも月に一度だけになっているのだから、この間、もう一度、一人辛抱していてもらうより仕方がない。

「ねえ、安い木賃宿でいいから、いろいろな人に会い、話をしたり温泉で治療したり……病院でもすすめているしね……」

しばらくして妻も答える。

「そうね、病院代ももうかからなくなったし、辛抱すれば二人の生活までやってゆけるわねぇ……何処かあてでもあるんですか」

「どこでもいい。ゆっくりと列車にでものってね」

「そんなら、熊本がいいんじゃないですか」

「いや、知り合いには会いたくないし」

「そうね、じゃ別府にでもしたら」

別府はいい所だった。昔妻と一緒に行ったこともあった。だが私の行きたいのは湯治の出来る温泉場である。別府市の地図で探してみると、確かにそういう旅館もある事に気づいた。別府の片すみにある○○荘と書いてある旅館で、高崎山の猿の名所にほど近い所だった。

「ここに決めたよ」と言うと、妻はうなずいた。

別府まで列車の旅は少し不安であったが、何事もなく着いた。新しく「生まれ」て初の旅行だった。

晴れ渡った秋の空、遠くに海が見える。「旅は薬」で、私の心をなごませた。

そして、男女混浴という旅館も、古いが私にぴったりしたような所だった。

旅館に入ると、私と同じく脳卒中で倒れて養生に来ている人がいた。損傷の度合いもずっと軽く、倒れる時も自分でわかっていたという。もう普通の人と変わらない。子供達も皆独立し、妻亡きあと、家でじっとしているのがたいくつなので、毎年、秋になるとこの旅館に来ているそうで、もうすっかり旅館の主人と仲良しになっていた。

話が面白く、ちょっと鹿児島特有のなまりがあるのが、かえってその人の話を楽しめるものにしていた。私もすっかりうちとけて、この旅館の主人まで湯に引っ張りこんだり、夜の更けるまで、湯殿に入ったり出たりしながら時をすごした。

ところが、ある夜、彼は悲しい自分の話を始めた。

昔、まだ若い時、登山家を気取っていた頃、日本アルプスに仲間と登り、その最尾にいた彼は尾根から滑落してしまった。どうにか岩壁にへばりついたまま気を失ってしまったという。

動けなくなった体で約二時間、山は死の静けさだったらしい。もう自分は死ぬのだ、助からない。その時、彼のリーダーがよく唄う「歩け歩け」の歌がかすかに聞こえたという。あるかなしかの記憶の中で「歩け歩けあーるーけ歩け……」と唄いだしたそうだ。

東も西もわからない所、彼の時計もその他の計器も落下の途中どこかに引っかかって落としたのだろう。その左の腕から血がしたたり落ちていた。

「歩け歩け歩け、東へ西へ歩け歩け、南へ北へ……」。頭は何もわからない状態であった。ただ必死になって「歩け歩け」を唄ったのだという。

その時、ハッとリーダーの顔が見えかくれした。安心したのか、彼は完全に眠りに溶けこんでいった。

その時彼の目にした男は、救助隊員であった。彼の目にはリーダーに見えたのであろう。

ヘリコプターの轟音も、救助隊の人達の顔もはじめての事ばかりであった。

運良く強風をはばんでくれた岩かげに身がはさまっていたのだった。リーダー達は救助隊と連絡をとり合い彼の生命は保たれたのだった。彼は腕をまくって言った。

「この傷です、いや傷あとです」

よく見ると大きな斜めの傷あとがあった。

「この傷あとは、誰にも今まで話したことがないんです」

彼はそう言って、リーダーの話をしだした。

リーダーは山が好きで、その後、○○国にある○○山をめざして遭難し亡くなったという。リーダーはこの歌をよく唄っていた。私も、聞いたことがあるような、昔の昔のある歌か、誰が作曲して誰が唄ったかも知らない歌である。だが不思議にも一度聞いただけで、すぐに覚えられる曲の歌だった。私達はその歌を唄った。

「歩け、歩け、あーるけ歩け、東へ西へ、あーるけ歩けー、南へ北へ、あーるけ歩けー」

皆そこにいる者の合唱になった。今でも彼はこの歌を唄っているだろう。私も、苦しい時にこの歌を唄う。誰でも野辺の、きれいな花を、つい一輪つまみとることがあろう。そして何げなく捨ててしまう。名も知らぬ花。この歌があとにどんな歌詞がきざまれているのかそれも知らない。名も知れぬ花が、心の奥底にいまも残っているように、誰かが唄いつづけるだろう。そして私もその一人になったのであった。

その人は、そうした「信者」をまた残したのである。

「また来年会いましょう」

彼は翌日宿を去って行った。

別の棟からは夫婦のような人が来ていた。奥さんが病気であると聞く。まだ四十歳代だ。こんな若い人でも同じ病気になる。ご主人は背はあまり高くはないが、中肉中背のがっちりとした体格で至って元気そうだ。話を聞く。私は病気以来、「聞く」という後手に回る役目をもつように心がけている。かつては「話す」という立場であったが、逆に「聞く」という立場に立つと何でもわかるのだから面白いものだ。

ご主人の話で、彼が慶應ボーイであった事、今までは名のある会社につとめていた事、妻が病気になり会社を辞めたか辞めさせられたかの事、子供がない事、せっかく無理して数千万円で買ったマンションを売り、今の時勢で買いたたかれて、購入時の半分ほどしかお金が入らなかった事、賃貸マンションに移って職を探したがもう誰もやとってくれなかった事、今はある警備会社の警備員をやっている事、夜は妻の面倒を見なくてはならず昼だけにしてもらっている事、今日は休暇もらって来た事、驚いた事に「東京」から来ていた事、そして、私の「東京」のマンションから、そう遠くない所に住んでいる事等々を話してくれた。

奥さんは、今はこうして脳卒中という病気で苦しんでいるが、ご主人はかつては「慶應ボーイ」であった。ほれてほれぬいて一緒になりここまで湯治にわざわざやって来ているのだろう。それは飛びっきりの美人であった。美人で背も高く、確か見たか聞いたことのある「高級な婦人雑貨」のある店のオーナーをしていたのだ。

私と同じく右側全体の麻痺が残っている。杖をついてご主人と歩く姿も元気がない。やはり東京でリハビリしていたが、この九州の地に良い旅館があると聞き、偶然、私と一緒の湯になったらしい。九州でまだ混浴風景が残っている所もある。その理由があってこの旅館が目についたらしい。

奥さんは杖をつきつき、風呂まで来る。ご主人はつきそいながら、やっと奥さんを湯に入れる。お湯はぬる目である。熱い湯場は少し離れた所にあり、そこはそこで年寄り達が何人か集まっている。湯につかっても奥さんは左腕ばっかり使う。もうその事が気になって私はそばにいるご主人に聞く。

「どのぐらいなるんですか」

「えーと、二年になりますか」

それで何処の病院でした、とつまらぬ事を聞いてしまった。でも彼は気軽にこたえた。

「○○大学病院です」

彼は東京の病院の名を言ってくれた。ほっとした。私と同じ病院ならば、どうしよ

う と思っていたからだ。

私は奥さんを見た。確かに美しい身体はしているが、変に曲がった格好である。それが脳卒中から来たものでなく、自分でそうなったのではないかと思うほどである。生気のなさが、にじみ出ているようだ。ご主人があまりにやさしすぎるのではないか。風呂につかった。そして彼女が着衣するまでご主人が手をかしている。

次の日、ご主人が一人で歩いている。煙草をくゆらせ、何か淋しそうに見えた。私は思い切ってご主人を呼んだ。そして、「奥さんはどこです」と聞いてみた。

「ええ、一緒に出てみようよ、と言うんですけど」と口ごもり、「今日は頭が重いからって……それで私もつい……こうして出て来て……でも、もう部屋に戻ります。ご心配かけました」

「一寸しばらく待って下さい。今帰っても同じです。私の話を聞いてみて下さい」

ご主人はほっとした様子で集会所の私のそばに腰を下ろした。

私には彼の優しさは大切だが、それを当てにして「自分を何とかしよう」という気が奥さんにないのではないかと思えた。そうして、私の脳卒中ではいかに「他人」の世話になり自分で頑張ったか、その世話と頑張りが一歩も歩けなかった重症の患者だった私を、ここまで引っ張ってくれた事を、切々と語った。

彼は一語一語を、熱心に聞いてくれた。

「よくわかります。わかってもいました。でも、それがわかってそうなったんだから、私も同罪です」。私はご主人の悲しい心を更に痛めてしまったのかとその時思った。

するとご主人は、「小田さん、来て下さいませんか」。

と突然の申し出に私は驚いた。

「私も一寸帰りづらいし、家の女房は、人が来るとそれは大事にする女でした。いや今もそうですよ、誰も来ませんがね。機嫌直しますよ、小田さんなら……」

ご主人の言葉に、私は思わず口元がほころんだ。

「いいですね。昨日も会いましたし……」

彼の借りている部屋はきれいに掃除が行き届いて、私の乱雑部屋とは雰囲気が違った。奥さんは窓辺の椅子にこしかけていた。

つい先ほど、喧嘩別れしたのをまるで知らないように、「お帰りなさい。誰か見えたの？」。

私が挨拶をして入ってゆく。同じ病気ということでも安堵感はある。

私はこれまでの私自身の事を、もつれもつれの口で話した。そのうち知らず知らずの間に私も雄弁になっていくのを感じた。ご主人も奥さんも私の舌の回るのに驚いた。

そうこうしてる間に、あまり口を開いた事のない奥さんが言った。

「小田さんて雄弁ですわ。今まで私達をだましていたのではないの」と冗談が出た。

それからの交流は長い。今でも、東京にいる時は私の所に二人そろって会いに来る。

そのあとの湯治の結果は、目を見張るものがあった。若い人は若いだけ早く良くなるものだ。あの日あの先生が言った言葉が聞こえるようだった。

「リハビリは早ければ早い方が良い」

奥さんはその日から杖を頼りにしなくなった。二人で歩くがご主人は後ろについた。顔にも生気が宿った。一年生が急に二年生、三年生へと成長しはじめた。私よりはるか先に行ってしまった。それはやっぱり若さという立派な武器があってこそだった。

そして一番大切な事。それは、忘れていた彼女の「自分」を取り戻した事だと思っている。

こうして、私の旅を語れば、更に多くの人達のことを知り「導かれた」有意義な旅だと思っている。心のリハビリは一段と私を大きくした。私は、妻にその成果と喜びを語り、次のリハビリの旅へ入ってゆく事になる。

東北へ

次は思いきって東北まで足を延ばす事にした。すこしでも早く治しきってもう一度今度は自分を、新しい自分として社会に受けさせる試みであった。今はこうして平気で言ってはいるが、当時の自分はまだまだ考えが甘かった。だからそうすることにより蟻の一歩でも確実に上ってみたかった。

それは先に行ってしまった別府で出会ったあの若い女性への挑戦でもあった。患者は患者同士甘える事も必要だがそれにも増して、その成した行為に打ち勝つことが大切なのだと感じていたからだ。

私の良き隣人であるあの女性は、今はかつて元気であった頃のように振る舞い毎日を送っている。ご主人はやっと介護から解放されて、今は自分のノウ・ハウを生かして仕事にはげんでいるのだ。

「ようし頑張るぞ」

東北は仙台方面に決めた。途中の茨城、埼玉、福島県はどうしても避ける必要がある。以前の「私」であった頃に交わりをもつ人達が多かったからである。私が脳卒中で倒れたことも知らず、会えば昔の私を知っていた人は失望するだろう。そして中には見放す人もいるだろう。そうまでして以前の自分に戻るより、自分が変わって、変わってしまった別の人間として接し、そして迎え入れられる事でなければ、私の未来はない。そう考えてこの東北を選んだ。

冬の間近の東北は、九州生まれの私には、ましてや、半身にまだ幾分の麻痺の残る私にはとても辛く、厳しい所であった。

やはり同じような、よく湯治客の集まる○○屋という旅館を冬中の私の闘病の場所とした。

真冬の寒さは厳しかった。他の旅館は冬の間は閉まっている所が多い。○○旅館はそれでも客がずっといて長期の湯治を行うのである。旅館の主人はマッサージのスペシャリストでテレビにも一度は登場したこともあった人で、物腰のやわらかい初老の人だ。廊下には薪ストーブをたいて、客の部屋には何本かパイプが通り、部屋にいるかぎり寒く感じた事はない。冬の湯治客はあまり話をしない。私はどちらかと言えば、九州弁に近い東京弁。あちらは、何と言っても有名な東北弁だから、話も言葉もなかなかかみ合わない。ここは九州の○○旅館と違って男女混浴ではない。男同士でつき合うものは、まずトークだなあと思った。それでも、何とか長い冬を持ちこたえなければならなかった。

途中で一度、正月を家庭で祝いたくなって帰った事がある。わざわざ夜行列車にのって東京までは長かったような気がする。

思えば、九州に行き、関西を通りすぎて東京に帰り、東京から東北の旅をしたわけである。九州の旅ほどの収穫もなく、私は家計のことも考えずに一人旅をつづけているのだ。そう思うと妻に申し訳なくて、もう旅は終わりにしようと考える冬だった。

妻はそれでも私にまた、行って何かを見つけてくるように言う。それに頷くほかはなく、また行ってみるほかなかった。

外は雪で真白く被われ、子供の頃、九州でもつららが下がっていた事を思い出したりした。そのつららも溶けて、東北の春は、ゆっくりとゆっくりと訪れた。

「もう帰るかな」と私は思っていた。そのような事を手紙にも書いた。宛て先も、内容も書きなぐりの文字だった。まともに書いても書きなぐり同然である。そんな手紙も今も大切にとってあるという。妻はそんな人だ。

そんなある日、とぼとぼとした足どりで、私はまだ雪の残った田んぼ道を歩いていた。

一人の老人、確か私と同じ年ぐらいの背のすらりとした人が道端に立って、煙草をくゆらせいた。私は煙草をやらない。戦時中、煙草はやれなかったのだ。やれない理由は、吸うものが売ってなかった。法律では未成年は吸ってはならない事は誰でもわかる。わかるが最近の未成年は吸っている。どんな理由があろうが、無いものは吸えない。もく拾いが（煙草の吸い殻を拾うこと）、もくを拾って売っていた時代だった。

煙草の煙が私は苦手だ。だから私の事務所には禁煙の貼り紙がある。

風が吹いて煙草の煙が私の鼻を刺激した。

「ゴホン、ゴホン、ゴホン」

するとその人はあわてて、「すみません、すみません」と頭を下げた。

私は面喰らった。吸おうと吸うまいと勝手である。それなのに、わざわざ側にまで来て、謝っている。私は、このままではかえって失礼だと思い、「いや、一寸風邪を引いているので」と言った。

彼は煙草の火を消した。

「貴方、○○旅館に泊まっている人でしょう」

「はい、そうですが」

「ああ、やっぱりね」

時折、その湯治場に行くのだと言った。

「でも、会いませんでしたね」

「はあ、そう……ですーね」

たどたどしい口ぶりで答えた。私の場合は通常はじめははっきりしているらしいがしばらくしたりすると舌がもつれてしまうのだ。

「すみません、病気でこう……」

その人は笑いながら、

「そうでしたか、そうでしょうね」

そして私にいきなりこう言うのである。

「私も、実は右足、これは義足なんです。それで、ちょいちょい冬はあそこに行くんですよ」

「えー？　本当に、そうなんですか」

「はい。若い時に勤労奉仕で材木の伐採中にね。義足です。ですが何とか訓練で立って歩けるようになったものです」

本当に義足であった。右ひざ下は義足がとりつけられ、地を踏む時の足音は左右違ってはいるものの、私のようにもたもたしていない。そして障害者用だが運転免許も取ったし、何時も年の若い奥さんをのせて走り回っていると言う。

段々畑のあるくねくねと曲がった道で、二人の交わす会話はあたりの雰囲気にとけこんだ。どんな絵よりも美しい景色がそこにあった。もう行きずりの人ではなく、二人は昔からの友達になっていた。

「家に来てお茶でも飲んでいって下さい。○○旅館はよく知っていますから電話しておきますよ」

「はい」。私はつい、そう答えてしまった。

大きな樹にはまだ芽も出ていない。しかし春はもうすぐだった。雪が融けた庭は広い。池は、氷が融けかかり鯉が時折顔をのぞかせては消えた。玄関は昔のつくりで、重く感じた。それは如何にも玄関だと威張って見えた。

築七十数年もたったのだろうか、庭が見える座敷間はかなり広くて明るく、ほっとした感じである。

奥さんが出て来た。娘かと思うぐらい若々しい。奥さんであるのを疑ったくらい、娘々らしかった。子供は二人いるとの事。ご主人が遅く結婚したので二人の子供もまだ高校に通っているとの事だった。家は農家で、自分の食べるぐらいが精一杯と言っていた。二人共男の子だが何れどこかに行ってしまうだろう。それは、それで気にしない、と彼は言った。義足なのに、これだけ男気のある人はいないと思った。義足なのに、両足揃った私よりも立派だ。「私も頑張ろう」という気概を感じた。

私はこうしてつき合う人、人ごとに新しい自分をつくっていく道を得た。つき合った人ごとに親交を深め、その人達がこれまで健康な人達とは異なる何かを持っている事を知った。

ある時はラバウル島でたった二人生き残ったという老人に会った。老人が言った言葉は私の心にひびいた。

「飢えて蛇や蛭まで食べたと言われますが、そんなものでも、食べられれば幸いというものでした。餓死寸前になって、やむをえずアメリカ兵や現地の人の死体を食べたという話がありますが、そんな死骸が転がっているわけはありませんよ。では誰を食べたんだということになりますか……」

彼は黙りこんでしまった。

いかにも生き延びた人だと思った。

こういう話の積み重ねだけでも、私は「生」への、そしてこれから生きてゆくための糧となった。一歩、一歩、そしてまた一歩と踏み重ねてゆけば、きっと脳の中の今まで使われていなかった部分が活動を始めてくるものだと信じた。

昔の名前で

昔の名前で本が出ていた。古本屋で買って来てそれを読んだ。私の本が私によって読まれているという奇妙な感じだった。最後まで読んでみた。そして思った。「馬鹿な作者だ」。私なら、今の私なら、もっとしっかりした事が書けると思った。

そうする中に何かを感じた。「よし、もう一度本を書こう。今はまだまだ自分を、新しい自分というにはほど遠い。以前の六分か七分は確かに開花しているだろう。しかし、自分の本当の名前を出すのは恥ずかしい。そうだ。昔の名前はまだ残っていて、その名で本を出すのなら小手調べにもなる。

私は悩みながらも、その本を出すことに決めるのが、今の状況を打破するのに良いと考えた。

だが昔の出版社はすでに消えたり、消えかかったり、知らない出版社が何故か台頭していたりしていた。この私が他に目をそらしていた間に世間は変わっていたのだ。出版社もそうであるが街角の書店も少なくなって若い人も本を読む習慣さえなくしており、サラリーマンまでが電車の中でマンガを読みふけっている始末であった。

書店はもう「知識の宝庫」でなく、多くの本までがマンガ化され、そういう事に反発心を抱いた書店はすでに廃業したりするほかはない有様であった。そういう書店の代わりに大規模なマンモス本屋が、街の郊外に現れては、マンガ本の流行に一役買っているといった奇妙な社会になっていた。

そんな時、私には逆にペンが握れるようになっていた。今までの水道管がつまった状態から一気に水がどっと流れ出したような感じだった。

昔、健康だった頃をいろいろ考えてみた。そして、これまでを一つの私、「区別」された私として本を書いてみよう。それが済んだら、もう過去の私という殻をぬけ出して本当の自分になれると思う。これだけは過去を思い出せる唯一の仕事だと思った。しかしこれには一つ一つの過去を詳細に調べる必要があった。随分時間がかかった。もう大抵にして投げ出そうかと思った。

私はある時はまた旅に出たり、ある時は飛行機で海を渡り、時間と金のある限りすべての記憶の色を塗り戻そうとした。

私が脳卒中で倒れたと言っても、誰も信じようとはしなかった。私もそれ以上病気の事は言わないでいる。

しかし私を救急車で運んで下さった人。その病院で親身に世話をして下さった先生達、看護婦の人達、忘れられないリハビリの先生達。私のために、つくしてくれた妻や娘、その他の人に感謝し何かのお返しをしなくてはならないのだ。それが出来ることは本を書きつづける事だった。その本によって、私は私の過去から本当に脱却出来るのだ。

そして、私の過去を捨て去る事により、本当の私が生まれるのだと思った。

娘は母に

嫁に行った娘が一人帰ってきた。半年間の休暇を取ったと言う。

「初めての妊娠」。やがては母になる私の娘。そしてお腹が異常に大きくなり出した。

待ちに待っていた孫は二人。二卵性の双子である。その間の喜びと戸惑いと多忙は目にあまるものであった事は言うまでもない。だから本を書くのも休むことにした。思い出し、思い出しの過去をたどるのに時間もかかった。一緒に誕生を迎えた男孫たちは、それぞれ命名された。二卵性だから一卵性よりも手間がかかった。性格も体格もそれぞれ違うし、またそれの方が面白かった。元気に育った。私は孫達にしゃべる事が出来るまでになった。

その間、例のオンボロ新車で山や里へ出かけ、近くのダムで釣りをしたりした。東京へも行った。この頃はリハビリという言葉さえつかわなかった。毎日がリハビリであり、毎日目新しい事を発見した。

沢山の骨董バイクのある車庫もこのリハビリで見違えるほど立派になった。かつては私の半身不随で長く放置されていたバイク達も息を吹き返した。土地も平らな畑となり、私はそれほど苦労しないで昔の面影をとり戻していた。

自然の中にとび込むことが出来たと思っていた。

冬の寒い間は、高いのも承知で買ってもらった運動機器類をフルに活用した。室内用自転車型の器械は汗をかくまでひっきりなしに練習した。そして普通の人ぐらいは踏みこめるようになった。

春には田んぼのあるあの土地に入りびたり、一日中草を刈り花を植え木を育てた。時には、遊びにつれて来ている孫達を車で運び、ござを敷いて弁当を食べたりした。

春から夏は、もう一人前に歩けた。一人で遠くまで歩いて行って妻を驚かせたりもした。

夏になれば遠くのダムに娘の主人と釣りに行き、大きな鯉を釣った事もある。何かも美しく育った、夏に見えた。旅にも出た。もう私の車における感覚は、以前と変わりないほどだった。スピードだけは出さなくなった。年を考えての事だった。

こういう風に何事も順調に進んでいた。そしてすっかり昔をとり戻していたと思っていた。

だが、こういう自信がつくと危ない。ついその気になって二階の階段から落ちたのである。二階の階段には危険防止に立派な手すりを取り付けてもらっていた。壁にそった部分は私に丁度よい位置につけてある。その手すりの先に着ていたボタボタ丹前の「右」そで口をひっかけてしまった。その丹前がつい脱げて私は途中の曲がり角にまっさかさまに落ちて頭を強く打ちつけた。死んでしまうかと思うほど痛い転落であった。

早速病院へ連れて行ってもらいレントゲンをみたりしたが、一応異常なしということで、生き恥をさらしたのであった。着る物に不注意であったし、心のたるんでいたことは確かであった。それがすみ、ようやく当たり前の日が続くと思った矢先、今度は大事な大事な「左」人差し指をドアではさんだ。左指はゴトンと音をたてて「あっ、しまった」と思ったが、傷はみるみるうちに赤味を帯びて出血してきた。丁度日曜日で医者はいない。目も当てられない再失敗。治るまで包帯をして、人には「何でもないよ」と言ったもの、風呂や洗顔の時には、またしても妻の手をわずらわすことになった。

そうこうしている間に、ある時、偶然にも私を訪問して下さった人と親しく話をすることになった。人間とは不思議なものだ。相手の人は五十歳ぐらいのスポーツマンタイプのジャーナリストである。年は離れてはいるが、友情は年とは関係ない。その方のお陰で、ある堅実な出版社を紹介していただき、私が念願としていた、過去の記録を過去のペンネームで上梓することが出来たのであった。

生き直し計画

私は東京・九州をたえず往き来するようになった頃、一人の書生がやってきた。前の書生の川口は遠く英国に渡り、向こうで若手アーティストの一翼を担うほどになっていた。私はその時すでに東京での生活のすべてを生き直す計画をたてていた。昔のように共に生活する余裕もなかった。しかし、彼はそれでも良いと言う。彼は若いころからいろいろの人生をくぐった経験があって、どんな境遇にも生きてゆける不屈の精神が見えた。

彼はアルバイトを始めた。そしてその合間に私の所へ来るようになった。

私は妻と話し合った。そして無駄を少しでも省いて生活をしようと試みた。

1．私達のマンションを売る。

2. すべての店を閉める。
3. かつての私からの脱皮。
4. 東京の車を売る。
5. 浜辺の土地別荘を売る。

勿論そのころは九年間という闘病の生活で私の残していた資金はもう底をついた状態であった。その代わり、一日も欠かさずリハビリを続けた。それは最初に導いてくれた方々の手のお陰であり、それから病院を出て多くの人を知り、その人達の手のお陰であったが、それが自分自身のものになり、ようやく自分を変える事の出来るようになった私の手であった。そして腫れていた指はいつの間にか昔のように戻っていた。

その代償は私を無一文にした。しかし生まれた時は無からの出発であり、また生まれ直すことが出来たのだから、すっきりとした気持ちだった。

しかし口で言うのは簡単だが、「五つ」の実行は実に困難な事である。人は住む所一つにしても、それを維持していくために費用がかかる。その棲み処であるマンションを、他の人達に譲るにしても、その人達のためには全部を改装して売り渡さなければばならない。そうすると、二軒分の改装費も馬鹿にならない。その前に忘れてならないのは私達は新しく住む家を探さなければならない。これが決まらなければ、せっかくの計画も無駄である。

だが、神様は見捨てることをしなかった。不動産屋の案内である物件を見たが、古い木造家屋で広いが手入れのためにかなりの費用がかかると思った。不動産屋に断った。すると彼が「じゃもう一軒見てみますか」と言う。

途中で話しながら、聞いた。今度の家は古いが広いと言う。家と言っても事務所に使っていたので住むための設備はないが、鉄筋コンクリート造りの二階建てで、その上に階段があって三階は空の見える広い屋上になっているという話だった。妻は最初はのり気ではなかった。

が、しかし見るだけならということで行ってみた。

家は四つ角の交差点から二軒目にあった。交差点の四すみには五階建ての信用金庫が建ち、その前には電器店、その角に巨大なパチンコ店、そしてその向かいには工具店といった店舗が建ちならび、よく見ると○○信用金庫の横が「都営バス」の停留所だ。○○商店街の真ん中ではないか。そこに年老いたオバさんが一人住んでいたが、埼玉に戻るという。

玄関はないが、広い電動ドアがきしんだ音で上がる。車が入るようになっている。次は事務所とトイレがあるが、風呂はない。

中には炊事場があるだけで何もない一階。二階へ行くと部屋は三部屋ある。トイレも風呂もない。しかし、商店街沿いにこれだけしっかりした建物はそうはないと思う。値段を聞いて驚いた。

今さっき見てきた木造の古い造りの家より、何と五百万円ほど……「安い」のだ。妻も驚いた。

早速、その家を買う事にした。二階にもう一つトイレをつくり、風呂を新設した。三階に小部屋もつけた。

住んでいたマンションの二戸ともどうにか売却した。でも買った時の約半値にもいかなかった。マンションの共同積立金などをすべてシャットアウト出来た。借金せずに済んだのでうれしかった。家も古いが隣の物音から全く解放され天下晴れて我が家になったのである。その事だけで十分だった。

二番目は店の始末だった。これは大家に買いたたかれた。すべてをつぎ込んで開店し、多くの客を集めていたが、これもたたんですべてを整理してしまった。何もかも、すべてを終わりにしたかった。

三番目はかつて種々の名前で本を出したことだった。それを今回、最後の本を出した事で無事にふっきれた。それはおろかな私から脱皮する事であった。

四番目の車を売る事には確かに抵抗もあった。しかし車なんて東京にはもう要らない。ただ一台を除いて全部処分した。この時ばかりは少し悲しかった。

五番目は本当に困難をきわめる仕事だった。あのバブル時代にいい気になって買った土地付きの別荘であった。買った当時の売主はとうにその地からもう手を引いている。あちこちに頼んでも、頼む毎に値下がりした。全盛期には随分高かった買い物であったが、今、売るとなってみるとすべてが値下がりの時期に重なっている。ある業者が来て、別荘を解体して平地にしたら買う人がいると言って来た。もうこうなっては、仕方がない。ほったらかしにしていた海辺の別荘と車庫と……あの土地を……もう思いきって土建業者に頼んだ。別荘には荷物や買い込んだいろいろな品物がある。それもすべてあげよう。代わりに代金を引いてくれとたのんだ。それで別荘と車庫はきれいに整理された。残るは土地である。土地も草一本なくなるまで完全に整地され、業者はやっと購入者に手渡し、完了した。時間がかかり、もうどうにでもなれ、売れねば売れぬで仕方がない。そういう気持ちになった事もあった。

「あの海がすぐ前にある、そして海を見ながら入った風呂の気持ちよかった事、建てては皆を呼び楽しく語らった広い土地、そこに池をつくり、行くたびに大きくなっていた魚達……」

けれども、私は、土地も何にも一切見に行かなかった。それほどまでに愛した土地だった。「平地にした」と言って、土建業者が送ってきた数枚の写真……。

急な話で「平地」にしてもらうことになり、金もかけた。大損だった。「でもいい、楽しんだ」と思った。こうして私達は完全にすべてを整理した。人はこんな事を言うと「正に涙の物語」と思うだろう。だが私達は平然としていた。なしとげたと思う心が先に立ち悔いはなかった。

それから不動産業者や税理士とのやり取りも、いろいろあったが、何もかも自分でやった。

「出来たのだ」

私は元の自分にない新しい自分に向かってゆけた。あの脳卒中への挑戦でもあった。そしてまだ果たせなかった、自分自身への復活が出来たのだった。

古いが、私達にとっては、新しい出発の基になる家がある。自分達だけの家。


家の階下を喫茶店にした。勝手な気ままな喫茶店。やりたい時はやる。いやな日は休み。来たい人に来てもらう。来たい時だけ集まっては話に花を咲かせる。どんな人でもお客はお客だ。妻はカウンターに座ることは少ない。それは客席に座っては知人と長話をしているからである。

一度来た客は二度目からはなじみの知り合い。そういう気さくな妻の姿は、私の病気中には見られなかった。客のない時は一人でフラメンコを踊っている。間違いだらけのフ・ラ・ミ・ン・ゴ!?

私にも妻にも余分なお金はすでにない。しかし、妻は昔からフラメンコに夢中だった。私には何も言わないが、私にはわかっていた。

せめて今は妻の好きな事だけは文句を言わず、やらせてやりたい。そういう気持ちで一杯だ。

私は近頃、過去の私を知っていた人に会う事がある。私は自分から病気の事を話す事もある。

「ええ？　本当ですか、あの脳卒中ですか……？」

私はあれほどこだわっていた「脳卒中」を平気で言えるほどになっている。しかし脳卒中のこだわりをほぐすまで約四、五年を要した。やはりそこまで言えるようになるまでの痛みや苦しみは忘れてはいない。

脳卒中になったらもう仕方がない。仕方がないなら治すしかない。治すに薬はないなら、あっても効かないなら頼りは自分の「信念」だけだろう。その信念を持つか、持たないかで、将来栄光の道があるか破滅の道をたどるかに分かれる。

時間はかかるが、それを度外視して信じて行動して行けば、きっと光が見えてくるはずである。

私はそう信じている。

私は近頃、目が悪くなって、新聞やその他の活字がよく見えない。町で眼鏡を買った。老眼鏡だ。年々度が進んでいる。一秒たりとも私達は止まってはいない。刻一刻変わっているのだ。それに気付けば眼鏡を使えばいいのだ。眼鏡で見通しは良くなった。すると今度は歯が痛くなる。夢中ですごしてきた年々のつけが回ってこうなるのだとわかる。

今、歯医者通いの身である。今まで何でもなかった体のすべてにガタが生じてきている。これも七十一歳で年相応になったと思えばよい。医者へもよく行くようになった。これも病気だった頃、長い療養生活を余儀なくされたので医者は恐くなくなったせいかと思う。本当を言えば医者にも行けない弱虫だったのかも知れない。

脳卒中が何だ

自分が脳卒中で苦しんでいる時は、誰でも「自分の病気よりひどい病気はない」と思いやすい。確かに他の病気よりひどい外的障害も残る人が多い。私のように、快方に向かってきた時でもやはりそう思いがちであった。

ところが他の障害で、もっとひどい方が居り、もっとひどい苦しみをつづけている人を見逃していた。私の考え方を、がらりと変えてしまったのが、ついこの前のＮＨＫのテレビであった。

森田先生といったその方は、首だけしか自由にならない先天性障害のある婦人で、全く手が使えず、それでも自分でやれる事はやるという精神にあふれていた。年は四十過ぎだと思う。口もやっと開けるが、口ごもっているようではっきりしない。

私は途中で、チャンネルを切りかえてしまおうと思った。手元のチャンネルを操作しようとした……その時、彼女の後方に実に美しい絵が映った。ＮＨＫにはＣＭがない。思い止まってそのまま見た。

すると、彼女が口で筆を持った。そして、そのままアナウンサーに答えているのだった。

口で筆を持ち描きながら、同時にそのまま話をしている。常人にはとうてい出来ない。まるで嘘のような事をやりこなすのである。描いた絵は身障者保護施設に寄付するのだという。

梟が二羽、寄りそうように仲良くとまっている絵であった。その目が実に可愛らしかった。私はただただ感動した。

素晴らしい人だ。素晴らしい絵だ。身障者でありながらたった一つの口であれだけの事が出来るとは……私はただ感極まって見ていた。私は脳卒中ではあるが、あれだけの事はとうていなし得ない。自分が恥ずかしかった。

その時、テレビ画面の中、部屋の後ろにかかっていた絵も彼女自身が描いた絵であった。海の風景でただ大波が押しよせる様をたんねんに描いた絵である。油絵の具のようなもので描かれたものだと思う。神々しささえただよう絵であった。今、テレビで描かれた梟の絵の何倍も何十倍の時間がかかったろう。それにも増して彼女は絵の向上を求めている。ついあの「車椅子」の青年、乙武さんを思い出した。名のある人も、名のない人もちゃんと生きている事の尊さを知らされた。

そして自分に言いきかせた。脳卒中なんてこれらの人に比べれば大した病ではない、と。

私達、脳卒中の後遺症に苦しんでいる人に比べ、あの人達は永遠に障害等のいましめからは解き放たれることがないのだ。それなのに、そうした自分をマイナスと考えずに、堂々と明日へ向かって進んでいる。

私は脳卒中になってはいるが、でも、あの人達と比べたらわずかでも光が当たるところにいるのではないか。

「歩けるように、走れるように、飛び跳ねるように」なりたい。そう思いつつ、私もそれに近づく事が出来たわけです。ですから、貴方も、貴方方も、信じることによって、きっとそういう日が訪れるのです。

ただ、信じると言っても、神や仏にすがることが、信じるということではありません。

努力して、努力して、それが結果を結ぶのです。その「信念」をもっていれば、貴方も、貴方方もきっと道がひらけてくるものだと信じます。

私の過去と現在

昔々、あるところに、
大きな大きな夢もった一人の少年がおりました。
その子が大人になった時、全く普通の人でした。
普通の大人になってから、普通の仕事に精を出し、普通の恋をしたあげく、
仲良く二人は結ばれた。
その嫁に来た人も、普通の娘の母となり、
楽しく暮らしておりました。
主人は英語の翻訳家。仕事はバンバンはかどった。その甲斐あって金が出来、
そしてのったがオートバイ。

さらに外車に三輪車、あらゆる車にのりかえて、いろいろ取りかえ品をかえ、
勝手な気ままな生活をしていたある日、目がさめた。
夫はそこで考えた。勝手な自分を恥ずかしく、
曲がりくねった生活をすて、己の道を行くべきだと。
これから将来文筆の道へ進もうと考えて、見知らぬ東京の街へと一人旅立った。
仕事も順調、功なって、故郷に家も建てました。
娘はやがて成長し、地方の大学卒業して、晴れて念願の中学の英語教師になりました。
やがて娘は恋をして、優しい彼と結ばれた。
やっとこ肩の荷がおりた。
さらに仕事も順調で、東京にマンションを買いました。
そしてその上、同じ棟にもう一戸マンション買いました。
さんざん待たせた妻を呼び、そのうち一戸を事務所にし、書生も一人置きました。
おまけに海のすぐ前に土地と別荘も手に入れた。
それからあれこれ商売をしては儲かり、

また一つやっては大当たり、
客は満たん大繁盛、何もかにもの絶頂期。
ところがそんな折も折、疫病神に見舞われて、
治療困難な大病を背負った姿になりました。
病気は業病、車椅子。
一時はとても苦しんだ。
だけど思いは信念へと変わって懸命に頑張った。
見ず知らずの大勢の人達による介抱と、
指導によってはからずも今日の姿になれました。
温泉湯治の甲斐あって、いろいろな人達に会いもしました。
マンションその他を売り渡し、
治療一筋に目を向けた、
妻にも感謝しています。
今はお風呂もぬるめにし、

塩分少なめ食事すりゃ、
太い身体も痩せになる。
もっと睡眠とれという。
だけど私は二週間、痩せおとろえるまでとったから。
だからと言っちゃ悪いけど、眠る時間は少なめで、
起きて励んでいる方が私の体にいいようだ。
口だけ達者な昔より、口は重いが無駄のない、
そういう口になりました。
口すべらずの障害もリハビリにより立ち直り、
右半身の不自由さえ信念のお陰で様になり、
今や昔の陽がさして、
体も楽になりました。
涙にもろくなったけど、年相応としています。
年とる共に歯がかけて、顔までやつれて見えるけど、

歯医者に行って、ふた月もすれば入歯が出来上がる。
目はかすんできたけれど、眼鏡をかけると大丈夫。
知能はまるでなかったが、
年月かけての修練の、お陰かどうかは知らないが、
普通の頭になったよと、友人、知人が言っている。
本当か本気か知らないが、それでも頭をひねりながら、本も数冊書きました。
そこで私は過去のこと、一切合切振りきった。
そして生まれた時以来、本当の私にくっついていた「本当の名前」で書きました。
煙草を吸うなと言われるが、吸ってもはき出すタバコ下戸。
病気でなくした意思さえも、今ははっきり物言える。
今は一年でひと昔、昔の私は死にたいと、こぼした事もあったけど、
今は寿命の来る日まで生きていこうと考える。
生きたいためにこの体、病気にかかったその日より、一つの年から始まった。
いろいろ苦労もありました。

残念、無念の日もあった。
先生方に励まされ、あれやこれやと苦労して、
どうにかこんなになりました。

脳卒中の病でも、ここまで治った私がいることだけは事実です。
もっとこの世にふりかかる苦しみ多き人もいます。
それでも明るく生きています。
貴方も出来ると「信念」をもてば必ず良い方に向かって行けると信じます。
それには長い道のりがあるでしょうが、心して期待を込めて待つのです。
そうしたらきっといつの日か、明るい光が待ってます。

あとがき

私はこの十年間にわたる記憶をたどってここに書き記しました。他の人達から見れば、確かに老人です。孫達からは「おじいちゃん」と呼ばれています。でも私は七十一歳の「熟年」です。

頭は多少足りなくても、体は若い人達のように動かなくても、私の年齢では普通であり、それ相応の人生の楽しみ方も覚えました。

確かに医学の世界では、脳卒中という病気は、もう二度と戻らぬ脳の損傷のため、体の半分が不自由になることが珍しくないと書いてあります。だが、これはごく一般的な事例であって、個々の実態にはふれていないのです。いろいろな民間療法もあります。それに頼るのもよいでしょう。だが、もう一つ、「信念」という不滅の言葉を信じて下さい。

治ります。治りました。誰も通ったことのない「迷路」かも知れません。それに向かって行くことです。

「私」のような者でも陽の目を見ることが出来たのですから。

平成十五年八月

小田　健三（七十一歳）

著者プロフィール

小田 健三（おだ けんぞう）

1931年12月１日生まれ、福岡県直方市出身。
福岡外事専門学校（現・福岡大学）卒業。
翻訳業。
著書に『瀬戸際に生きた男』（2003年、文芸社刊）がある。

脳卒中からの脱出

2003年11月15日　初版第１刷発行

著　者　小田 健三
発行者　瓜谷 綱延
発行所　株式会社文芸社
〒160-0022　東京都新宿区新宿１－10－１
電話　03-5369-3060（編集）
03-5369-2299（販売）

印刷所　東洋経済印刷株式会社

ISBN4-8355-6548-7 C0095